ネメシス
I

今村昌弘

デザイン

坂野公一（welle design）

目次

ネメシス I

第一話

天才探偵、現る！

地方の人間から見れば立派な繁華街、都会の人間にとってはごくごくありふれた街。それが神奈川県横浜市中区伊勢佐木町を公正な目で見た評価だと、風真尚希は常日頃から思っている。

既製品を貼り合わせたように整った道路網、駅周辺に立ち並ぶオフィスビルや集合住宅。街はほどよい活気と利便さに満たされている。だが〝らしさ〟という観点で街を眺めた時、これといった特徴があるかと言えばそうではない。

街の中心は誰もが知る全国チェーン店の看板が目立ち、面白みがないと言えばそれまでだが、親しみやすいと言われればこれもまた事実なので痛し痒しだ。

そこから少し離れると、いまだ昭和の匂いを残す雑居ビルやこぢんまりとした商店が肩を寄せ合いひしめく一角がある。

風真の職場である『探偵事務所ネメシス』もまた、そんな寂れた一角を構成する雑居ビルの中にあった。

「アン、ナぁぁぁ！」

事務所の始業時間を十五分ほど過ぎた現在、風真は手元のスマートフォンを手で覆いながら送話口に向かって叫んでいた。

「お茶っ葉ごとき、どれだけ遠くに買いに行ってるんだよっ。一件目の依頼人はもう来てるんだぞ！」

狭い給湯室から漏れないギリギリまで声量を抑えつつ、怒りは最大限に込める。

しかし。

『――ん、むぐ。っぐ』

奇妙な音声に続き、受話口からよく知る少女の声が響いた。

『あー、風真さん？　なんか横浜中のお茶っ葉が根こそぎなくなってるみたいで、参っちゃった！　街中をかけずり回ってちょうど今ゲットしたところなんですけど……』

――いらっしゃいませえ。店内をご利用ですかあ。

――ピロピロリン、ピロピロリン……

少女の背後から、なにやら聞き覚えのある台詞と、ポテトフライができた時にしか聞かない電子音が漏れてくる。

「……お前、寄り道してるだろ」

ぎくり、と文字でしか伝わらないはずの音が聞こえた気がした。

『ごめんなさいここ電波が悪いみたい。すぐ戻るんで！』

ブチッと一方的に通話が切られ、風真は「あいつ！」と歯がみする。

だがいつまでもこうしているわけにはいかない。

今も依頼人との話を引き延ばしながら、こちらの遅れを訝しむ社長の顔が目に浮かぶ。なんといっても二週間ぶりの依頼なのだ。これを逃せば事務所はいよいよお茶っ葉を買う余裕すらなくなってしまう。

覚悟を決めた風真は冷蔵庫から出したペットボトル飲料のお茶を二人分の湯呑みに注ぎ、電子レンジの最大出力で一分間チンすると、急いで盆に載せ応接室に戻った。

「……今、電子レンジの音がしませんでしたか？」

「はて、私はなにも」

怪訝な顔で耳を澄ませる依頼人に、栗田はとぼけてみせた。高級ブランドのスーツを着込み、かっちりと髪を固めた伊達男である。

風真の師でもある栗田はかつてこの場所で栗田探偵事務所を開き、数々の難事件を解決したことで『神奈川に栗田あり』とまで呼ばれた凄腕の探偵だ。一線を退き、探偵事務所ネメシスの社長となった今は風真に現場の一切を任せているのだが、その重厚な存在感のせいで風真や依頼人はもちろん、つい栗田本人もいまだに現役の探偵のような振る舞いをしてしまうのが玉に瑕である。

彼の足元には真っ白な毛並みの一頭の秋田犬が寄り添うようにうずくまっている。栗田の愛犬、マーロウである。その老犬はなにかの気配を察したのか両耳を細かく震わせ、のそりと首をもたげた。

「お待たせしましてすみません」

ようやく給湯室から戻ってきた風真がいそいそとテーブルに湯呑みを並べる。

栗田はその湯呑みの底に茶の粉が一切沈殿していないことに目ざとく気づいて睨みを飛ばすが、風真は白々しく顔を背けた。

溜め息を一つついて、依頼人に向き直る。

「……で、奥様の様子がおかしいというお話でしたが」

「ええ。妻はきっと不倫をしていると思うんです」

幸いなことに依頼人は湯呑みに手を伸ばすことなく話を再開した。

スーツの上下に身を包んだ痩せ形の若者である。身長は風真と同じ百七十センチ前後だろうか。テーブルの上の依頼票によると二十九歳、中小商社の営業マンらしい。

「三年前に結婚して以来、妻は専業主婦として僕を支えてくれています。でも最近、平日の昼間に出かけることが多いみたいなんです。メールしてもなかなか返信がないし、マイホームの購入資金に貯めていたお金をこっそり下ろして、高額な化粧品もたくさん購入しているみたいで。きっと男がいるんですよ。今日も笑顔で見送ってくれた彼女が、僕が働いている最中に浮気していると思うとやりきれません」

依頼人の語る内容を栗田がメモするのを眺めながら（本来は風真の役目なのだが、席を外している間に栗田が進めてしまった）、典型的な不倫だな、と推測を立てる。

「原因は僕にもあるのかもしれません。仕事の忙しさにかまけて最近は妻の相手ができませんでしたから。でもここのところ話しかけても冷たい反応ばかりで、僕に対しての気持ちが残っているようには思えないんです」

しょげかえる依頼人は無意識なのか左手の指輪を触る。

風真は心が痛んだ。

依頼人が着ているスーツは量販店のものだろうが、きちんと手入れされ皺ひとつないところからも彼の真面目さが窺える。もし彼の言うとおり妻の気持ちが浮気相手に傾いているのだとしたら、離婚に持ち込むためにわざと冷たい態度を取っているのかもしれない。

このまま離婚となると、彼が貯めたマイホーム資金も妻と折半する羽目になる。だが妻の浮気の証拠があれば話は別だ。なんとかして力になってやりたい。そう拳を握りこんだが――。

「残念ですが、ご依頼は受けかねます」

栗田の口から出た言葉に、依頼人だけではなく風真も驚いた。

「そ、そんな。どうしてですか」

「そうですよ、社長」

栗田は厳然と首を振る。

「まずは奥様と腹を割って話し合われた方がいいと思います」

「ですから妻とは話にならないと」

「しかし浮気調査のためには複数の人員を長時間にわたって投入する必要があり、費用も高額です。浮気と分かったところであなたの生活が好転することにはなりません」

「お金はいくらでも払います！　ですから……」

「あ、あの、社長。探偵は俺……」

風真も依頼人に口添えしようとした、その時だった。

「たっだいま戻りましたぁ～～！」

礼儀という言葉ごと叩きつけたかのような勢いで事務所のドアが開いた。全員の視線を釘付けにして登場したのは両手にレジ袋を提げ、すらりとした右脚を高々と上げた格好の少女だ。ドアを蹴り開けやがったらしい。

ソファの栗田が重々しく嘆息し、振り返った依頼人は驚愕に目を見開いている。風真は慌てて駆け寄った。

「ばかっ、ちゃんと着替えてから行けって言っただろ。依頼人の前だぞ」

少女は真っ赤なTシャツの上に龍の刺繍が入ったスカジャンを羽織っている。ショートパンツから伸びた健康的な足には毒々しい赤緑の縞模様のハイソックス。依頼人はきっと街のヤンキーが襲撃してきたと勘違いしたに違いない。

「驚かせて済みません、バイトの事務員なんです。気にせずお話の続きを……」

「ああいや、もう結構です」

依頼人は手を振りながら言葉を遮り、そそくさと席を立つ。

「アドバイス通り妻と話してみます。どうもお世話になりました。相談料は必要でしょうか」

「結構です。ご夫婦がうまくいくことを祈っていますよ」

「あの、探偵は俺……」

出口に向かう依頼人に対し、アンナはきょとんとした顔で会釈しつつドアを押さえてやる。足で。その姿が階下に消えると、

「帰っちゃいましたね」

アンナはまるで他人事だ。

「原因はお前だと思わないのかよ……」

「依頼内容を聞いたのは栗田さんと風真さんでしょ。それより見てくださいよこれ。DR.ハオツーの季節限定イチジクバーガー！　この濁った血みたいなソースと果実を練り込みすぎてぐずぐずになったパテがね、もう絶妙に微妙なんです。ちゃんと皆の分も買ってきたから！」

先ほどまで依頼人が座っていた場所にどすんと腰を下ろし、脂っぽさと甘酸っぱさが混じった悍ましい匂いを放つバーガーの包みをテーブルに並べ始めるアンナ。彼女はほっそりとした体型からは想像もできないほど大食いな上、ヘンテコなメニューをこよなく愛する悪食でもある。

「お前、若さに任せてジャンクフードばっかり食べてたら太るぞ」

「大丈夫、これ飲んでますから」

印籠ばりにスカジャンのポケットから取り出したのは青いラベルが巻かれたペットボト

ル飲料。ラベルには流れるような書体で『脂肪すっきり水』の表記。アンナは頬ずりしながら語る。

「これを飲めば脂肪はすっきり流れちゃうんだって。大ヒット商品なんだから」

ちなみに脂肪の吸収を抑えるとはどこにも書かれていない。よくもまあこんなちょろい誇大広告まがいの手法に騙されるものだと風真は呆れ、今度は栗田に矛先を向けた。

「社長も社長ですよ！　どうして依頼を蹴ったんですか。二週間ぶりの仕事だったのに……」

「浮気調査なんて楽しくないだろう。お前にそんな仕事をさせるために探偵をやらせているわけじゃない」

「今月の家賃も払えないんですよ！」

「しみったれたことを言うな」

「そうだそうだー」

声を合わせるアンナを睨む。こいつ、自分の給料も支払われないことが分からないのだろうか？　そう風真が言おうとした時。

「それに、浮気なんてたぶん嘘じゃないですか」

「……なに？」

驚いて見やると、アンナは口の端に赤黒いソースをつけたまま興味なさそうな口調で続けた。

「あの人に奥さんなんていないでしょ。シャツの胸のところに畳みジワがあったもん。綺麗にアイロンがけされてるのに」

「見えたのか？　すれ違った一瞬で」

風真は半信半疑だ。スーツに皺がないのは確認したが、中のシャツまでは見なかった。

「でも、どうして畳みジワがあったら独身なんだ？　家でアイロンをかけてから畳んだだけかもしれないし、クリーニング屋に出したら畳まれることもあるだろう」

「それはないですよ」

アンナは残ったイチジクバーガーを口に押し込みながら、テーブル上にある先ほどの男性の依頼票をざっと眺める。

「あの人は営業職なんでしょ。毎日シャツを着回さなきゃいけないのに、アイロン後にわざわざ畳むなんて手間になるだけ、普通はハンガーにかけておくはず。クリーニングに出したとしても同じです。風真さんだってハンガー仕上げにするでしょ。畳み仕上げは料金高いって、クリーニング屋のすみれちゃんが言ってましたもん」

アンナの言うとおりだ。季節ものの柄シャツなどはともかく、すぐに着回すことが分かっているビジネスシャツは、わざわざ高い料金の畳み仕上げになどしない。特に探偵事務所ネメシスができて、毎月カツカツの生活をするようになってからは。

「そういえば彼はマイホーム資金を貯めているんだったな。そんな無駄遣いをするはずがない、か……」

「でしょ。それにあの人、指輪をはめている部分が赤く腫れていましたよ。たぶん指輪のサイズが合っていないか、つけることに慣れていないんじゃないですかね」

「でも、今朝も奥さんが見送ってくれたって……」

「なおさら嘘ですよ。ジャケットの背中に長い糸のほつれがありました。奥さんがいるなら指摘したはずでしょう」

「でも、どうしてそんな嘘を」

「さあ。不倫をしているのは奥さんじゃなくて、片思い中の彼女だったとか？」

アンナは手のつけられていない湯呑みに手を伸ばして中身を飲み干し、「ぬるいっ」と顔をしかめる。

栗田はそんな彼女の様子をじっと見つめている。

「社長もあの人が怪しいって気づいていたんですか」

「……まあな。あの男の声には隠し事をしている響きがあった。嘘をつく依頼人には関わらないことに決めている。それに」

「それに？」

「今日はもう一件、依頼人が来る予定だろう。俺の勘だが、おそらくこちらの仕事が本命になる」

「はあ」

風真は分かったような分からないような、微妙な心持ちで頷く。彼が言うのならば、次の依頼を確実にものにするために力を尽くすしかない。

何より探偵事務所ネメシスは、ある大きな目的のために設立されたのだ。栗田が依頼を厳しく選別するのも、時間と労力の浪費を抑えて効率よく手がかりを集めようという意図があってのことだろう。

改めて気を引き締めていると、

「そうだ風真さん、はい」

アンナが小さな紙を手に押し付けてきた。

「何だこれ」

「何って、領収証です。イチジクバーガーの。いつももらって来いってうるさいじゃないですか」

二人目の依頼人が訪れたのは午後一時きっかりだった。

控えめなノックの音にアンナが迎えに出ると、清楚な女性が立っていた。白いシャツに黄色のスラックス。派手な装飾品はなく、しゃんと伸びた姿勢が彼女の美しさを際立たせている。年齢は三十代前半だろう。

「上原黄以子と申します。急なお話で申し訳ありませんが、どうしても力をお借りしたい相談があるんです」

応接室に通された女性は入るなりそう切り出した。

「探偵事務所ネメシスの探偵、風真です。は、初めましてっ」

心なしか風真の声が上ずっている。

「どうぞお掛けください。お電話で少しお聞きしましたが、上原さんは医師をされてるとか」

「はい。以前は日徳医大に勤めていました」

「日徳医大！」

風真の口から感嘆の声が漏れた。日徳医大といえば都内で有数の病床数を誇るだけでなく、様々な分野の先端医療研究も行う有名病院だ。だが当の依頼人、黄以子は控えめに首を振る。

「それは去年までの話です。今はフリーのかかりつけ医として働いています。実は、依頼というのは今の雇用主である澁澤火鬼壱さんに関することなんです」

「ほきいち……？　どこかで聞いたような。あちっ」

今度こそ茶葉を使って淹れたお茶をテーブルに並べながらアンナが首を傾げると、横でやりとりを聞いていた栗田が説明する。

「昭和生まれの世代じゃ有名人だ。バブル期に不動産業で荒稼ぎし、その後宝石業、アパレル、株式投資と自由気ままに渡り歩いた商売人。一線から退いたとはいえ未だに道楽で三十社ほどの会社を所有している。最近は健康飲料でヒット商品を出しているな。それだよ」

言ってアンナのスカジャンを指す。ポケットから覗いているのは飲料のペットボトル。

『脂肪すっきり水』だ。

「ほんとだ。澁澤産業って書いてますね」

「数十億に上る個人資産に加え、澁澤氏は女好きでも有名で一時期はしょっちゅう週刊誌に取り上げられていたな」

「あっ、通称『磯子のドンファン』！　これまで付き合った女性は千を超えるとか」

風真は勢いよく手を打つが、

「……そのドンファンについてなんですが」

黄以子の雇用主の話だったことに気づき「すいません」と頭を下げる。

「二日前、彼の元に脅迫文が届いたんです。本人は嫌がらせなんて昔からあったと言って気にしていないようなんですが、私は内容が気になって」

「というと？」

「今日お屋敷で開かれる、火鬼壱さんの誕生日パーティーを取りやめろというんです。でないと命の保証はしないと」

風真は首を捻る。誕生日パーティーをやめさせたところでいったいどうなるのだろう。まさかドンファンの境遇を妬む非リア充からの嫌がらせでもないだろうに。

「動機に心当たりがあるんですな」

栗田の問いに黄以子は頷く。

「現在火鬼壱さんには恋人関係にある女性が六人いらっしゃるのですが、彼は常々遺産は恋人全員で等分させると言い、遺言にもそう明記しているそうなのです」

「わお」

アンナが口に片手を当てた。ドンファンの莫大な遺産なら、分けたとしても数億円はあるだろう。金はあるところにはあるものだ。

「ところが彼は女性たちに送った招待状の中に、『パーティーでは遺産について面白い催しを考えている』という一文を添えていたのです」

事情が読めたというふうに栗田が頷く。

「素直に考えるなら、遺産の扱いについて変更が生じそうだな。それを望まない何者かが、パーティーの中止を求めていると」

そこに風真が疑問を差し挟んだ。

「探偵の我々がこう言うのもなんですが、まず警察に相談すべき事案では？　脅迫状の内容しだいでは警察も動いてくれるでしょう」

「火鬼壱さんは昔から警察が大嫌いで、いくら私から言い聞かせても相談されないんです。病院や政治家、マスコミに対してもそう。頼りにすることは弱みを見せるのと同じだと思っているみたいで、とにかく権力を持つ組織が大嫌いなんです」

磯子のドンファンはずいぶんと偏屈な考えを持った人物らしい。

わざわざかかりつけ医として黄以子を雇ったのも、明確な上下関係を好むドンファンの性格の表れか、と風真は想像した。

「何だかすごく嫌な予感がするんです。誕生日パーティーの間だけでも構いません。お屋敷に来て、彼の警護をお願いできないでしょうか。お願いします！」

黄以子が頭を垂れると、長い髪が首筋にはらりと落ちた。その切羽詰まった様子に風真が勢いよく頷こうとしたが、先に口を挟んだのは栗田だ。

「一つお訊ねします。澁澤氏のかかりつけ医になった経緯ですが、澁澤氏があなたを日徳医大から引き抜いたのですか？」

「いえ、たまたま大学時代の友人から紹介があり、仲介してもらったんです」

「……そうですか」

栗田が素っ気なく頷く。また依頼を蹴るつもりなのではと風真は不安になるが、それは杞憂に終わった。

「風真、この件はお前に任せる」

「分かりました！　上原さん、早速屋敷までの案内をお願いできますか」

「ありがとうございます！」

美しき依頼人は安堵の息をつき、再び深く頭を下げた。

黄以子が乗ってきた車を回してくると告げて事務所を出ると、栗田と風真は手早く身支度を整え始めた。大富豪の屋敷を訪問するため、いつもより上等なジャケットを着込み、鞄に詰め込んだ探偵道具を素早くチェック。栗田は愛用のハットを被った。久々の仕事に、ピリピリとした空気が張り詰める。

「おっ屋っ敷、おっ屋っ敷」

その周りでアンナは奇妙な踊りを舞っていた。彼女なりに、現実離れした金持ちというものを目にするのが楽しみなのだろう。

だが、栗田から素っ気ない台詞が告げられる。

「アンナ、お前は留守番だ」

「ええっどうしてですか！」

「お前は事務員だろう。現場はどんな危険があるか分からないんだ。今回は俺が風真に同行する。アンナは大人しくここで待っていなさい」

「私なら大丈夫ですよ」

「馬鹿たれっ！」

栗田がかっと目を見開き、大声を上げた。

「公然と何人もの恋人を抱えるようなジジイだぞ。お前みたいに可愛い娘を近づけるなぞ、冗談じゃない！　同じ空気を吸うのも許さん！」

「それはさすがに、言い過ぎじゃ……」

「いいや、相手は女好きの妖怪だ。愛らしいお前を見たらたちまち獣のように襲いかかってくるに違いない。そんなことになる前に、いっそ、私が奴を……！」

妄想の中で磯子のドンファンを締め上げているのか、狂犬のような唸りとともに宙を睨みつける栗田。

そんな彼を、「また悪い癖が出た」と風真は呆れ顔で見つめる。普段は沈着冷静で伊達男の栗田だが、アンナのことになると急に甘く、そして異様なほど心配性になるのだ。

本人は旧知の間柄であるアンナの父から彼女を任された以上責任を持つのは当然だと言い張っているが、端から見てその言動は末期の親バカでしかない。かつての名探偵の威風が台無しである。

「いやだ、私も行きます！」

「駄目！」

「風真さんなんて、びっくりするくらいお人好しなだけがとりえじゃないですか！　栗田さんが一緒に行ったら活躍の出番がまったくないですよ」

ずいぶんひどい言われようだと、風真は内心傷つく。すると栗田が諭すように言った。

「こいつは俺の下で場数を踏んできた男だ。どんな危険な任務であろうと任せることに迷いはない」

「社長……」

篤(あつ)い信頼を寄せられ、思わず心が昂(たか)ぶる。

「やだ、私もお金持ちのお屋敷行きたい！」

「お前は可愛いから駄目だ！　風真は可愛くないからいいんだ！」

「…………」

感激して損した。風真はふてくされてキーロッカーから車の鍵(かぎ)を取り出すと、依然アンナに駄々をこねられている上司に向かって言葉を投げかけた。

「さっさと行きますよ。上原さんが待ってるんですから」

「社長も過保護すぎるんじゃありませんか。アンナの面倒を見ると言っても、うちの事務所じゃなくて他でバイトさせたらいいでしょう」

車に乗りこんだ風真はシートベルトを装着しながら後部座席の栗田に言う。栗田は屋敷に向かう道中も依頼に役立ちそうな情報を収集するため、早速座席でノートパソコンを開いている。探偵たるもの時間を無駄にするな、というのが彼の教えの一つだ。

「あの世間知らずを一人で外に出せばなにを起こすか分からん」

「まあ確かに」

風真は苦笑する。

アンナは一年前に日本に来るまで、父親と共に世界中を巡りながら生活していたらしい。そのせいか今でも時間にルーズだったり、急に予想外の行動に出てこちらを驚かせたりする。いつだったか東京に行った際に、目の前で発車した路面電車を走って追いかけ、飛びついて乗ろうとしたこともあったほどだ。「インドではこれが普通だった」と語るアンナのとぼけ顔が忘れられない。

「だがアンナの頭の回転の速さはお前も気づいているだろう」

「そりゃそうですが」

風真としても、今朝の浮気調査を依頼してきた若い男性が独身であると導き出したアンナの推理は見事なものだったと認めざるを得ない。もちろん彼女の考えが正しいという証拠があるわけではないが、風真の気づかなかった男性の身なりの特徴にアンナが一瞬で気づいたことは事実だ。彼女の奇行に悩まされる一方で、ああいった閃(ひらめ)きに驚かされることもしばしばなのだった。

「仲間外れにされてふてくされているかもしれませんね」

「土産(みやげ)に変な食いもんでも買って帰れば機嫌も直るだろうさ……ん？」

栗田が漏らした訝しげな声に、風真はアクセルを踏みかけた右足を止める。

「すまん、腕時計を忘れたみたいだ。少し待っててくれ」

そこに、栗田と入れ替わる形で一台の車が前方に停車し、依頼人の黄以子が降りてきた。先進的なシルエットを持つＢＭＷのスポーツセダン。風真らのゴツゴツとした見た目の約三十年落ち中古シボレーとは大違いである。

「上原さんの車ですか？」

黄以子は恥ずかしげにはにかむ。

「運転が趣味で……、そんなに上手くはないんですけど」

「ゆっくり先導してくだされば大丈夫ですよ」

「助かります。――ところで、私のことは黄以子で結構ですよ」

艶やかな笑みを向けられ、風真の表情はだらしなく崩れた。

栗田は駆け足で事務所に戻った。またアンナが連れて行けとごねるかと思ったが、ドアを開けると彼女の姿は見当たらない。給湯室で菓子でもあさっているのだろうか。

腕時計は社長デスクの上にあった。朝から着けっぱなしにしていたと思うのだが、無意識のうちに外してしまったのか。

――カタ、カタカタ。

「……ん？」

給湯室からなにやら甲高（かんだか）い音が響いている。
訝しんだ栗田がそっと給湯室を覗くと、道路側の小窓が開いており、そこから吹き込む風でブラインドが揺れている。誰かが開けたのか？

――ヴォォォオオン！

その時、外で怪獣の鳴き声のようなエンジン音が響き渡った。
はっとなにかを察した栗田が近寄り、窓から身を乗り出して下を覗きこんだ。下階の庇（ひさし）に、真新しい小さな足跡がついている。たった今、誰かがここを足場に飛び下りたのだ。
道路の先を見やると、よく知る車の後ろ姿が交差点を曲がっていくところだった。

「――やられた！」

「あ、あ、アンナァァ――――!?」

黄以子の駆るBMWの尻（しり）を追うのに夢中になっていた風真が、後部座席にいるのがハットを被り栗田の変装をしたアンナだと気づいたのは事務所を出てから三十分後のことだった。バックミラーでは俯いた彼女の頭しか見えなかったのだ。

「遅いよ、風真さん」

その手にはいつのまにか、栗田からの怒濤（どとう）の着信を受け続ける、風真のスマホが握られている。

「お前、なんで！」

「ほらほら、目を離したら黄以子さんの車を見失っちゃいますよ」

言われて慌てて前に向き直る。ＢＭＷはちょうど、滑るような動きで二台の大型トラックの隙間を縫って死角に消えたところだった。

発車時から黄以子はこんな調子で、先ほどの謙遜が悪い冗談だったかのようなドライビングテクニックを披露して愛車を生き物のように駆っている。

暴走のようで、決して交通違反に引っ掛からない瀬戸際を果敢に攻める運転。風真は少しでも気を抜けば置いていかれそうになる。常に安全運転、無事故無違反が身上の彼にとっては命がけのドライブだ。

「黄以子さん、ハンドル握ったら性格が変わるタイプなんですかねー」

右へ左へ強烈に振り回されるのにも構わず、アンナは平然と喋っている。

風真は早くも、依頼を受けたことを後悔しつつあった。

磯子のドンファンこと澁澤火鬼壱の屋敷は予想よりもはるかに立派な建物だった。風真が通った小学校の校庭くらいはあるんじゃないかと思える敷地にどんと構える威容は、住宅というよりももはや公邸や官邸に近い。

正面の鉄門が左右に開くと、黄以子の運転する車に続いて敷地内へと入っていく。門から玄関まで歩くのが億劫なほど広大な庭が広がっているのだ。

「すっご、お城みたい」

後部座席から乗り出したアンナも目を輝かせる。

「頼むから大人しくしててくれよ」

とりあえず風真とアンナの二人で依頼に対処するということで栗田には了承を得たものの、アンナは相変わらずのスカジャン姿だ。ドンファンの機嫌を損ねるようなことがあれば、ネメシスの名に泥を塗ることになる。

屋敷の扉が開き、一人の男性が姿を現した。歳は六十前後だろうか、髪をきっちりと固め黒いスーツに身を包んだ、見るからに執事といった雰囲気の男だ。

「おかえりなさいませ、黄以子先生」

「こちらは執事の梶さん。梶さん、例の探偵の風真さんと、アンナさんです」

梶はまるでロボットのように正確な動作で上半身を傾けてお辞儀する。

「この度はどうか火鬼壱様の安全をよろしくお願いいたします」

「梶さん、パーティーの参加者の方々は？」

「もうじきお見えになるかと思います」

梶を先頭に三人は屋敷の中に足を踏み入れた。

中はドラマでしか見たことのない豪邸そのものだった。玄関から伸びる絨毯、恐ろしく精緻な作り込みがされた装飾。ネメシスの事務所よりもはるかに広い玄関ホールの壁にはこれみよがしに巨大な絵画や陶磁器が飾られている。

「うひゃー、綺麗な壺」

「バカ触るな！　割ったら弁償だぞ」

すると梶が、

「そちらは確かオークションで八百万ほどだったかと」

「弁償できる額じゃねえ！」

風真の悲鳴が上がる。アンナはさすがに指を引っ込めたものの、スマホを取り出し、

「写真撮ってもいいですか？」

そんな彼女の首に風真の腕が回り、チョークスリーパーを仕掛けた。

「大人しくしてろ！」

「ギブ、ギブ！」

「愉快な客人が見えているな」

不意に野太い声が響き、屋敷の奥から一人の男がゆっくりと現れた。貫禄のある佇まいから、彼がこの屋敷の主であることは容易に察せられた。

澁澤火鬼壱。

背は男性としては低いが、洋式の屋敷にそぐわぬ和風の着物に包まれた体はがっしりしており、顔の血色がいい。たてがみを思わせる豊かな毛髪と太い眉が、いかにも野心家といった雰囲気を醸し出している。

風真が慌てて名刺を取り出そうとした。

「初めまして。私、探偵事務所ネメシスの……」

「立ち話もなんだ。黄以子、儂の部屋にご案内して紹介してくれ」

屋敷の主は自分のペースでしか生きられないというようにそれだけ告げると歩き出した。

火鬼壱の私室は一階の奥にある、一番広い部屋だった。応接室と隣の寝室が繋がった空間で、応接室の中央には十人も座れそうなソファセットがある。ローテーブルも、いかにも高価そうなウイスキーボトルやグラスが並ぶサイドボードも、部屋にあるすべてのものが重厚で、まるで「我こそは部屋の主」とでも主張しているかのようだ。風真一人の力で持ち上げられそうな家具は一つとして見当たらない。

テーブルに近づくなり、黄以子があっと声をあげた。

「火鬼壱さん、また私のいない間に煙草を吸いましたね！」

テーブル上の灰皿の中に、もみ消されたばかりと思しき吸い殻があることに気づいたのだ。

「お酒を飲まれるのなら煙草はやめてくださいと、あんなにお願いしたじゃありませんか」

「まったく、口うるさい奴だ。儂はお前の雇い主だぞ。なにをしようが儂の勝手だ」

「かかりつけ医として雇われた以上、健康に関しては口を出させてもらいます。他の方と違って、私はあなたの恋人ではないんですからね」

風真らの前では淑やかだった黄以子だが、ドンファンと呼ばれる男を前にして毅然とした態度を崩さない。叱責された火鬼壱は苛立たしげに鼻を鳴らした。

「なら探偵を呼んでくることもかかりつけ医の仕事か？」

「火鬼壱さんが警察には相談しないなんておっしゃるからじゃありませんか。あんな脅迫状が来たんじゃ、不安にもなります」

「今日のパーティーに出席するのは儂の女たちだけだ。その中の誰かが犯人だというのか？」

「そうは言いませんが……」

黄以子が口ごもると、火鬼壱が二人並んで座る風真らの方をぎょろりと見た。

「だいたいこの探偵たちは信用できるのか。人のプライベートを嗅ぎ回ることを飯の種にしとる連中なんか、警察よりも信用が置けん」

「そんな」

「おい君、いくら欲しいんだ」

唐突に訊ねられた風真は思わず「は？」と聞き返す。

「いくらでこの仕事を引き受けたのかと聞いている。滅多にない上客から仕事が舞い込んだんで、さぞかし吹っかけとるんだろう」

「ええと、このくらいです」

風真は鞄の中から契約書を差し出す。今回の依頼は火鬼壱の身の回りの警備だけなので、二人の時給に拘束時間をかけた金額と経費が請求されることになっている。

内容を見た火鬼壱の表情が固まった。

「こ、こ、これは……うちの犬の餌代より安いな」

誇るべきか怒るべきか、一同の間に微妙な空気が流れる。アンナが小さく「犬以下かあ」とため息をついた。

「こう考えてはいただけないでしょうか。今日の火鬼壱さんの誕生日パーティーにはもちろん黄以子さんも参加されるんですよね」

火鬼壱が頷くのを見て、風真は続けた。

「このままだと黄以子さんはあなたの身が心配で、パーティーを楽しめないかもしれません。それはあなたにとっても本意ではないのでは」

「……口のうまい奴め」

渋々といった様子だが、ドンファンの口調から頑な響きが消えた。

「別に黄以子の心配性に付き合うわけではないが、好きにしろ。どうせ屋敷の周辺には監視カメラがあるし、庭には番犬を飼っておる。怪しい奴など入ってきやせんわ」

火鬼壱は窓際のサイドボードまで歩くと、低い位置にある扉を開けてペットボトルを取り出す。中は小型の冷蔵庫らしい。

するとペットボトルを見たアンナが声を上げた。

「もしかしてこれの新商品ですか」

そう言ってポケットから取り出して見せたのは『脂肪すっきり水』のボトルだ。ドンファンは途端に上機嫌になる。

「おお、嬢ちゃんも飲んでくれとるのか。これは『遺伝子すっきり水』という新商品じや。これさえ飲んでおけば健康でいられるし、美容にも効果があるというすぐれものだ」

「まじですか！」

「本当だとも。せっかくだから持って行け」

壁際には五百ミリリットルのペットボトルが詰まっている段ボールが三つ積まれている。火鬼壱はそのうちの一つを抱えてくると、アンナに押し付けた。

「え、いや、一本だけで」

「遠慮するな。足りなくなったら梶にいえばいくらでも用意するからな。SNSで宣伝してくれても構わんぞ」

がははと笑う屋敷の主を前にして、アンナは十キロほどもある段ボール箱を受け取るしかない。

「良かったな、アンナ。それだけ飲めばさぞかし美人になるだろうよ」

「余計なお世話です！」

風真の囁き(ささや)にアンナはイーッと歯を剝き出し(むだ)にした。

夕方になると屋敷の前に高級車が到着し、見るも煌(きら)びやかな衣装をまとった女性が続々と降り立った。赤、紫、青……女性たちは自分の個性を打ち出すと同時に、他と交わることを拒絶するかのような特徴的な色に身を包んでいる。

玄関ホールでは正装に着替えた火鬼壱が、一人一人をハグして出迎えた。

「由香里、よく来たな。その着物よく似合っておるよ」

「ルビー、今日は一段と美しさに磨きがかかっているな」

「エイラ、久しぶりだな。少し痩せたんじゃないか」

女性同士はというと、互いに顔を合わせると月並みな挨拶だけ交わし、相手の戦力を見定めるかのように鋭い視線を全身に散らすと、自尊心と余裕に溢れた表情を保ったまま屋敷の奥へと足を進める。

急に屋敷に満ち始めた緊張感は、これまで風真が経験してきたいかなる事件現場とも異なるものだ。暴力のように分かりやすい形でない代わりに、鋭い針がいつどこから飛び出すか分からないような、油断のならない気配がある。これは気を引き締めなければいけないぞ、と風真は自戒した。

一通りの顔ぶれを確認した後、風真とアンナはパーティー会場に向かった。会場となる広間では執事の梶と、この屋敷の家政婦である平見まり江という女性が忙しそうに動き回っている。

普段の食事はこの平見という家政婦が作るのだそうだが、パーティーの時は高級ホテルにケータリングを頼んでいるという。その説明通り、すでに広間ではホテルから派遣された料理人たちが鉄板や即席の板場を設置し、調理の準備を整えていた。

「十人に満たない女性との誕生日パーティーのためにここまでするとは、さすがというべきか……」

「うわあ、うわああああすごおい！」

祭りに来た子供のように目を輝かせ、落ち着きなく会場内をうろつき回るアンナ。風真は彼女を無視して平見に訊ねる。

「ここにいる料理人は信用できる人なのですか」

「ええ。これまでにも何度も来てもらっていますから、身元の確かな人ばかりです」

それはよかったと内心で胸をなで下ろした時、広間に黄以子が入ってきた。パーティー用の衣装に着替えるため部屋に戻っていたのだ。

「お待たせしてすみません。なにかお手伝いできることはありますか」

彼女が着ているのは他の参加者に比べれば大人しめのワンピースタイプのドレスだったが、昼間のカジュアルな雰囲気とは違い格式の高い美しさを放つ黄以子に、思わず風真は見とれた。

「わあ、黄以子さん超きれーい！」

アンナはそんな彼女に物怖じすることなく抱きつく。

「こらっ、アンナ！」

人との距離感が独特なのも外国暮らしの長さからくるものなのだろうか。

その時、背後から声がかけられた。

「あら、黄以子さん。あなたもパーティーに参加するの？」

振り向くと、肩を露わにした大胆な青いドレスに身を包んだ高身長の女性が立っている。

「火鬼壱さんは高血圧の症状がありますから、あまり羽目を外されないよう見張るのも私の仕事です」

答える黄以子の声は心なしか強ばっていた。

「どうだか。あの人が遺産について心変わりするなんて、あなたが余計な入れ知恵でもしたんじゃなくて？」

「そんなことは決して」

「ふん。あの人の女でもないくせに」

最後に見下すような一瞥を残し、青い女性は去って行った。

「あの方は？」

「青海唯衣さんです。プロのピアニストなんですが、最近は活動の方が少し……」

そこまで口にして、黄以子は他人の弱みを喋ろうとしたことを恥じるように黙りこんだ。

「なんだか皆に見られている気がするなあ」

アンナが呟く。風真も同じ事に気づいていた。見られているのは黄以子だけではない。広間に集まった色とりどりの恋人たちは、まるで縄張りのように互いに適当な距離を維持したまま、それとなくライバルたちの動向を窺っているようだった。

夜七時。予定通り、澁澤火鬼壱の八十歳を祝う誕生日パーティーが始まった。火鬼壱の音頭で乾杯をした後、真っ先に彼の元に歩み寄ったのは紫色の着物をまとった熟女だった。綺麗に結い上げた髪から色香を放つ美人ではあるが、風真の見立てでは歳は五十を下るまい。頭のてっぺんから足の先まで人に見られることを計算しているような、玄人じみた美しさだ。

「村崎由香里さん。銀座でクラブを経営してらっしゃいます」

横から黄以子が教えてくれる。彼女曰く、恋人の中で年長である村崎は他の女たちにも一目置かれており、こういった火鬼壱への挨拶の一番手は彼女に譲るというのが暗黙の了解となっているらしい。

一通りの会話が終わり村崎が火鬼壱から離れると、タイミングを見計らっていたらしく二つの人影が同時に動く。僅かに先んじたのは青いドレス。先ほど黄以子に絡んできた青海だ。後れを取った赤いドレスの女性は、舌打ちでもするかのように唇を歪め、元の位置に戻る。それを見た周囲の誰かから、葉擦れのような冷笑が聞こえた気がした。

華やかに思える催しの中ではこうして絶えず苛烈な女同士の戦いが繰り広げられているのだ。

せっかく高級ホテルから料理人が来ているのにもったいないな、と思いながら風真が視線を巡らすと、料理を山のように盛りつけた皿を抱えながら縦横無尽に駆け回るアンナの姿が目に入り、思わず「猿かよ」と独りごちた。ただでさえスカジャンとショートパンツ姿の彼女は場から浮いているのに、人目を気にせずあんな野性的な動きができるなんて実は透明人間なのではないかと本気で疑ってしまう。

「今日は食べ残しが少なくて済みそうですな」

側に立つ梶が、嫌味ではなく感心したような口調でそう呟いた。

アンナはさておき、村崎と青海以外の女性について黄以子から得た情報と風真が受けた印象は次のようなものだった。

ルビー赤井、二十八歳。赤く丈の短いドレスから覗く日焼けした肌と派手な化粧が印象的な、いわゆるギャル風の女性。読者モデル出身だ。

桜田桃、二十五歳。フリフリの飾りがたくさんついたメルヘンチックな衣装を着た小柄な女性で、とても成人しているようには見えない。彼女は地下アイドルらしい。

黒檀エイラ、三十七歳。占い師をしているという彼女は誕生日パーティーにも拘わらず、まるで喪服のような黒い衣装に身を包み、黒い手袋をしている。おまけにこれまでまだ一言も発していない。

そして森みどり。四十二歳の彼女は大阪出身の演歌歌手らしく、他の恋人たちと比べて二回りほど恰幅がいい。彼女だけは誰彼構わず積極的に話しかけ、大きな笑い声を響かせていた。

「火鬼壱さんは、その、女性の好みに関してはこだわりを持たないんですかね」

風真が意外に思ったのは、恋人たちの年齢、容貌、そして個性がバラバラであるにも拘わらず、火鬼壱が誰に対しても平等に愛情を示していたことである。磯子のドンファンなどと呼ばれる大富豪なのだから、女性に関してもさぞかし居丈高に振る舞うのだろうと思っていたのだが、予想がいい方向に外れた形だ。

黄以子は頷く。

「彼は女性という存在そのものをこよなく愛していて、外見の違いや教養、性格などにはあまり頓着しないようなのです。複数の恋人関係を公言すること自体私たちには理解の及ばないことではあるのですが……、よくいえば無邪気なんですよ、あの人は」

その火鬼壱が一通りの女性からの挨拶を受け終わり、会場が歓談という名のやや間延びした時間に差しかかろうとした、その時だった。再びマイクを手に取った火鬼壱が、こう切り出したのである。

「今日は皆に報告しておきたいことがある。招待状にも書いたが、儂の遺産についてのことだ」

途端に広間の空気がピリッとした電気を帯びた。アンナもそれを感じたのだろう、料理を口に運ぶ手を止め、屋敷の主に注目する。

「儂が死んだ後、会社の経営権などを除き、遺産は愛するお前たちで平等に分けると言ってきたのは皆も知っての通りだ。だがそこに一つの変更を加えることにした。それは黄以子のことだ」

会場は一瞬静まりかえり、まるで聞こえない合図でもあったかのように全員の視線が黄以子に向く。

「儂は黄以子にも皆と同じだけの、遺産を分け与えようと思う。六等分が七等分になると、まあそういうことだな」

当の黄以子は今の話を初めて聞いたらしく、顔に戸惑いを浮かべる。だが彼女が口を開くよりも一瞬早く、「待って下さい」という声が上がった。先ほど突っかかってきた青海である。

「黄以子さんはただのかかりつけ医に過ぎませんでしょう。どうしてそんな心変わりをされたんですか」

「そうよねえ。火鬼壱さんの考えに口を出したくはないけれど、黄以子さんはここに出入りするようになってまだ一年。なにかうまく言いくるめられたのではと疑ってしまうわ」

最年長の恋人である村崎までもが同調し、会場の中になんとも不穏なざわめきが満ち始めるが、制したのは火鬼壱だった。

「分かっている。お前たちにもそれぞれ事情があるだろうからの」

その瞬間、スイッチを切られたかのように女たちが口を噤んだ。風真はその不自然な沈黙を訝しむが、次の火鬼壱の発言によって吹き飛ばされる。

「だから一つゲームをしよう。宝探しならぬ、遺言書探しじゃ。ここにある暗号を解き、屋敷のどこかに隠された遺言書を見つけ、私の所に持ってくるがいい。分配する分とは別に、その者にだけ十億円を与えるよう書き加えることにする」

『十億！』

まったくの部外者である風真とアンナの声がハモった。もっとも恋人たちも同じ気持ちであったらしく、その目から先ほどまでの不満の色は消え失せていた。十億といえば元々分与されるはずだった金額よりも多いのだ。

「ただし制限時間を設ける。明日の正午までだ。それともう一つ。外部の誰かに助力を求めると面白くないのでな、通信機器の類は預からせてもらう」

今の時刻は午後九時。十五時間の猶予があることになる。

「一つ聞きたいことがありますぅ」

舌ったらずな声が前方で上がる。ピンクのフリフリ衣装を着た童顔女、桜田桃だ。

「もし制限時間を過ぎても、誰も遺言書を見つけられない場合はぁ、どうするんですかぁ」

「そうや。元通り皆で分けてまうん？」

演歌歌手の森みどりは早くも紙の上で忙しく左手のペンを走らせながら言う。

「その場合、十億は適当なところに寄付でもすることになる」

つまり、全員で口裏を合わせて謎(なぞ)を解かないという手法は取れないということだ。どちらにせよ遺産の取り分は単純に減ってしまう。火鬼壱はどうしてもこのゲームに精を出すよう仕向けたいらしい。

「ああ、それから」

火鬼壱はそこで意味ありげに一息ついた。

「遺言書には、ある書類を同封している。それはこの中の一人に宛てたものなのだが……その人物が見ればきっと驚くだろうな」

風真はその言葉に不穏なものを感じる。

驚くような書類？　いったいどういうことだろう。しかも皆に向けてのものではなく、特定の一人に対する書類ということだろうか。

彼の真意を測りかねたが、周りを見渡すと、先ほどまで十億円と聞いて興奮していた女性たちは、どこか落ち着かない様子で互いの顔色を窺い合っていた。

火鬼壱の手から黄以子を含め合計七人の女性たちに暗号が配られると、静かな動揺が波となって部屋中に伝播した。

「なにこれ」

「どういう意味？」

風真とアンナも、黄以子の持つ紙を覗きこむ。

そこにはクロスワードパズルのようなマス目の組み合わせと、短い文章が書かれている。

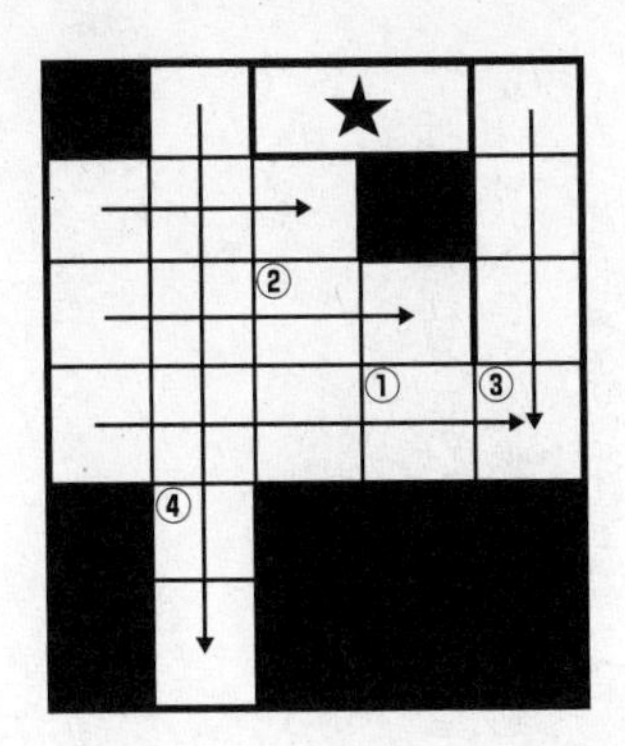

《上を見よ。星の下を探せ》

①②①③④④

《上を見よ。星の下を探せ》

①②①③④④

それだけだ。

クロスワードパズルらしいのに、マス目を埋めるための問題は一切ない。

顔に困惑を浮かべる女性らに構わず、火鬼壱は上機嫌に呼びかける。

「では中締めとして、皆で記念写真を撮るぞ！　さあさあ皆前に集まれ。ほらそこの嬢ちゃんも来んか」

上機嫌な彼によって、恋人たちの列の中になぜかアンナも組み込まれてしまう。火鬼壱より背の高い青海と赤井、森と黄以子が左右に分かれ、アンナを含めたそれ以外のメンバーが火鬼壱を囲む。

「はい、チーズ」

梶の合図によってシャッターが切られるが、自然な笑顔を浮かべていたのはアンナ一人だけだった。

*

暗号がそれぞれの手に渡った後もパーティーは続けられたが、アンナの目には参加者たちの心がすでに会場から離れ、屋敷の中を彷徨(さまよ)っているように思えて仕方なかった。

かつて火鬼壱の周りに集っていた恋人たちは、今や暗号の書かれた紙に情熱的な視線を注ぐばかりで、他のものは視界に入らないらしい。

風真もまた、「探偵たるもの土地勘は常にアップデートすべし」と言って屋敷の間取りを調べに行っている。

欲望のままに元卓に載ったデザートのフルーツやケーキをたいらげて回りながら、アンナはどこか寂しい気分になる。こんなにも豪勢でたくさんの人が参加してくれる誕生日会に参加したのは初めてのことで、最初はまるでおとぎ話みたいにキラキラ輝いて見えたけれど、今はよく分からない。

(十億円は大金だけどさ、誕生日パーティーが終わるまではおじいさんに構ってあげれば

いいのに)

おじいさんというのは無論火鬼壱のことだ。風真や栗田は火鬼壱のことを金と欲の亡者のように話していたが、アンナが見る限り彼は癖があるものの極悪人ではなく、むしろ子供だと評した黄以子と同じく好々爺に思える。

と、

「火鬼壱さん。このゲーム、私には不利じゃなくて?」

「おお、由香里よ。そんなことあるものか」

三度目のケーキを皿に盛っていると、後方から会話が聞こえた。肩越しに目をやると、着物姿のおばさん——確か村崎といったか——と火鬼壱である。

「暗号だなんて若い子の方が得意に決まってるわよ。せっかくあなたをお祝いに来たのに、このままじゃ私、惨めだわ」

言い草は殊勝だが、ようするに「ギブミーヒント」というわけだ。他の参加者を出し抜く意欲はゴリゴリにお持ちらしい。

火鬼壱も顎髭を引っ張りながら、深慮の姿勢を見せる。

「確かにそうかもしれんなあ……」

「ええ、そうよ」

「ならば由香里。お前にだけ特別にいいものをやろう」

村崎はあからさまに「よっしゃあ！」とガッツポーズする。

ところが。火鬼壱が梶に言って持ってこさせたのは、アンナにも見覚えのある物体だった。ペットボトルが詰まった段ボール箱。

「こ、これは」

「『頭すっきり水』じゃ。水分を十分に取ることは脳の働きを助け、集中力も高めてくれるからな！」

「…………。ええ、そうですわね……」

明らかに〝これじゃない感〟を放ちつつ、由香里ママはがに股で段ボール箱を運んで去った。アンナは内心で「御愁傷様」と手を合わせる。

火鬼壱はそんなアンナに目を留め、次の話し相手に選んだらしい。

「嬢ちゃんはよく食うのう」

「あ、ごめんなさい。皆あまり食べないみたいなんで」

「構わんよ。いい食べっぷりじゃ。料理人も喜ぶ」

ちょうどいいので、さっきの疑問を直接聞いてしまおうとアンナは考える。

「おじいさんは嫌じゃないの。せっかくの誕生日なのに、彼女さんたちはまるでお金欲しさにおじいさんの側にいるみたい」

風真が聞いていたらまたチョークスリーパーを仕掛けていただろうが、火鬼壱は気分を害した様子もなく笑った。

「その方が安心できるのだよ。儂は半世紀の間、金が物をいう世界で生きてきた。どんなに誠実に見える人間だって我が身かわいさで簡単に他人を裏切る。愛情も同じだよ。肉親だろうが恋人だろうが、人の本心なんて一生かかっても分からんものだ」

「そうかな」

口の中がチョコとクリームで甘ったるくなってしまったので、アンナは卓上のペットボトルに手を伸ばした。『脂肪すっきり水』。なくなれ脂肪。

「そうだとも。それに比べれば、金がある限り安泰だと分かっている関係の方が儂は楽じゃな。大事なのは上っ面さ。飲料水の成分がどうあれ、パッケージが良けりゃ消費者は満足する。大事なのはそこ、本人が満足することだ」

「でもおじいさんは黄以子さんが好きでしょ」

急にアンナから放たれた言葉に、火鬼壱は目を丸くする。

「儂が黄以子を好いとるだと？　馬鹿なことを」

「だって、煙草は一本だけだった」

「なに？」

「私たちが最初おじいさんの部屋に行った時。煙草を止めるよう黄以子さんに叱られて、おじいさんは迷惑そうに文句を言った。でも灰皿には他の吸い殻がなかった。黄以子さんが外出してる隙にいくらでも吸えたはずなのに、おじいさんは黄以子さんが帰ってきてからわざわざ煙草を咥えたってこと」

アンナにはその理由が分かっていた。子供が好きな子の興味を引きたくてちょっかいをかけるのと同じだ。やっぱりこのドンファンは根っこが子供なのだ。

「黄以子さんに構って欲しかったんでしょ。お金目当てで寄ってくる女であれば、わざわざ気分を損ねることなんて言わない。だけど黄以子さんは本心から叱ってくれる人だから」

「……ぬははっ」

火鬼壱は心底おかしそうに吹き出した。

「面白い。本当に面白い嬢ちゃんじゃな。探偵の助手ちゅうのも冗談じゃないらしい。やんちゃな格好もなかなか目新しいし、よく見ると別嬪だ。どうだ、お前さんも儂の女にならんか」

「うーん」

「ま、待ってくださぁぁーーーい！」

その時、どこから二人の会話を聞きつけたのか風真が滑りこむようにして間に割りこんだ。

「すみません、こいつはうちの従業員なのでそういうのはお断りさせてください！」

「ふむ、これは残念だ」

火鬼壱はもう一度気持ちよさそうに笑うと、近くにいた梶に「部屋に戻る」と伝えてその場を去って行った。

＊

結局、パーティーはなし崩し的にお開きになり、女たちは本格的に遺言書探しに取り組み始めた。最初は渡された紙に書いてある暗号を解くことを試みていたが、ギャルっぽい出で立ちのルビー赤井が、

「ああもうこんなの分かるわけねーし」

と匙を投げたのをきっかけに状況が変わった。

「最近の子は諦めるのが早いのねえ。まあこちらとしちゃ競争相手が減って助かるけれ

ど」

　銀座でクラブを経営している村崎が含み笑いをする。

「由香里ママ、あたしこういう頭を使うのは苦手なの。よく考えたらポッキーはこの屋敷のどこかに遺言書を隠したって言ってたよね」

　風真は小声で黄以子に訊ねた。

「ポッキーというのは」

「火鬼壱さんのことです」

　ほきいち、だからポッキーか。自由だ。

「隠し場所なんて限られてるし、しらみ潰しに探した方が早いっしょ。ローラーよ、ローラー」

　そう言い残して彼女が去ると、他のメンバーも明らかに落ち着かない様子になる。

　ここで暗号と睨めっこをしているうちに、赤井がたまたま隠された遺言書を見つけてしまわないとも限らないと考えたのだろう、女性たちは一人、また一人と広間を出ると、屋敷の中に飾られている壺の中を覗いたり、壁に掛かった額縁の裏を覗き見たりと手当たり次第に探し始める。

　風真が見たところ、誰もまだ暗号を解く取っ掛かりすら得られていないようだ。

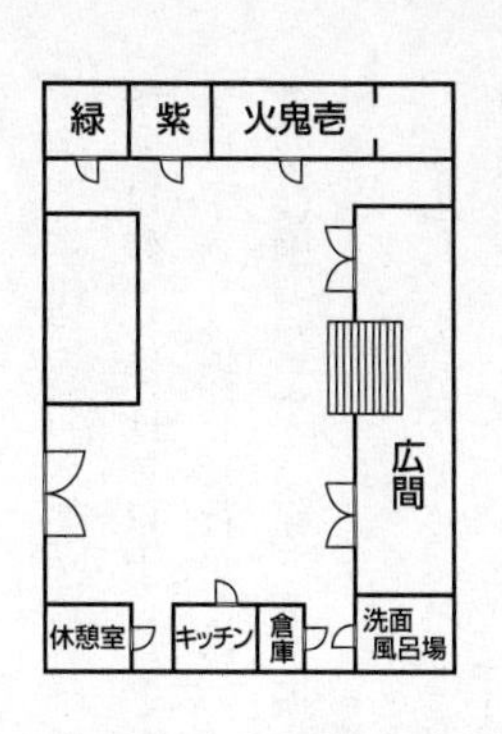

1F

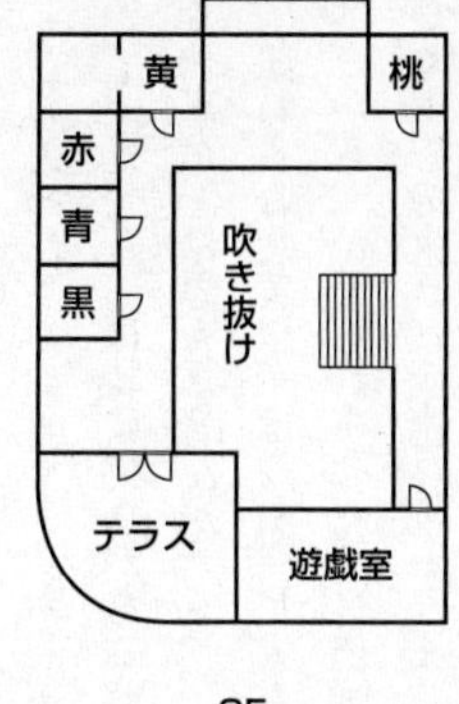

2F

【澁澤邸簡略図】

もっとも、風真も屋敷内を調べてみてこれといって怪しい場所を見つけたわけではない。分かったのは女性らの泊まる部屋割のうち、年上の村崎と森の部屋が火鬼壱と同じ一階にあることくらいか。

「なあ、お兄ちゃんたち」

演歌歌手の森みどりが張りのある声で話しかけてくる。

「お兄ちゃんたちが遺言書を預かっとるっちゅうことはあらへんよね?」

「まさか。我々はこのゲームには一切関与していませんよ」

「耳なし芳一みたいに体に遺言を書かれとったら、一緒に風呂に入ってもらうとこやったけど、あかんか!」

自分の発言に自分で突っこむと「ぶははは

は！」と豪快に笑って彼女は離れていく。

広間に残ったのは黄以子だけとなった。

「黄以子さんは探しに行かないの？」

彼女は困ったような顔で首を振ると、暗号の書かれた紙に折り目をつけ、綺麗に破ってしまった。

「私は恋人じゃありませんから。火鬼壱さんの遺産を分けて頂くつもりもありません」

清廉な性格の彼女らしいと言えばそうなのだが、風真はその頑なな反応が逆に不思議だった。異性としての関係でもなく、また金銭にも興味がないのであれば、黄以子が他ではなく火鬼壱の元で働く理由が思いつかなかったのだ。日徳医大のような大病院でなくとも、彼女なら働き口を探すことは簡単だったはずだ。

「立ち入ったことを聞きますが、黄以子さんはどうしてここで働くことを決めたんですか。火鬼壱さんは特に持病があるわけでもないですよね。医者としてさほどやりがいのある仕事だとは思えませんが」

訊ねられた黄以子はやや恥じ入るように視線を落とした。

「だから、かもしれません。日徳医大では外科医として様々な経験を積ませてもらって、いくつもの大きな手術に携わりました。でも経験を積めば積むほど、今の医療の、そして自分の限界を思い知らされたんです。どんなに努力を重ねて階段を上り詰めても、そこには救えない命という壁が必ずある。医者を続ける限り、これからも私の手の中で命が失われ続ける。それを思い知らされた私は、人の命と向き合うことが怖くなったんです」

「黄以子さん……」

「だから知人からここを紹介された時、迷わなかったんです。火鬼壱さんが健康であるなら、目の前で命を失わずに済みますから。今回皆さんに依頼を持ち込んだのも、私じゃ誰も救えないという不安があったからかも。……なんて、本当に医者失格ですよね、私」

華やかなワンピースとは裏腹に、その笑顔はどこまでも寂し気だった。

＊

午後十一時。ケータリングの料理人たちは撤収し、梶と家政婦の平見によって綺麗に片づけられた広間からは誕生日パーティーの余韻すら跡形もなく拭(ぬぐ)い去(さ)られ、静けさが戻っている。

世にも美味な食べ物を思う存分楽しんだ唯一の人物であるアンナは、Tシャツを押し上げる腹を撫(な)でながら梶に訊ねた。

「火鬼壱さんは?」

「今日はもう部屋にお戻りになりました」

彼の声は今日一日の疲れを感じさせない。本当にロボットみたいだ。

黄以子からの依頼は、誕生日パーティーの間火鬼壱を警護することだったが、アンナたちは一泊することになっている。

「遺言書探しの期限は明日の正午だ。結果がどうなるか見届けた方がいい気がする」

と風真が主張したからだ。けどそれは建前に過ぎず、本音はもう少し黄以子の側にいたいからではないかとアンナは睨んでいる。

「なーんか風真さん、おかしいんだよねぇ」

廊下をぶらつきながらアンナは独りごちる。

もちろん黄以子は美人な上に芯が通った女性でアンナも大好きだ。けどそれを抜きにしても、風真の浮かれようはちょっと変な気がする。

ちなみに火鬼壱の屋敷に泊まると栗田に連絡すると、彼は「そんなケダモノどもの巣窟にお前みたいに可愛い娘を置いておけるか」とスマホ越しに憤慨したが、すぐに通話を打ち切ってやった。

「どれだけ過保護なんだか」

アンナがなんとなしに二階に向かおうとした時。階段の上から楽しげな話し声が近づいてきた。風真と黄以子である。

しめしめ、仕事中に鼻の下を伸ばす探偵をからかってやろうとアンナはほくそ笑み、近くの壁に飾ってある鹿の頭の剝製——金持ちならば必ず飾ってあるあれだ——を外して手に取った。階段の陰に身を潜めること十秒。上から足音が下りてくる。タイミングを見計らい、

「がるるるぶわあぁぁ————！！」

意味不明の叫びと共に鹿の首を揺らして飛び出すと、期待した絶叫の代わりに、目の前で人影がバターンと倒れた。

しかもそれは風真でも黄以子でもない。

家政婦の平見だ。

「えええええぇぇ————————!?」

アンナは叫んだ。

「「えええええぇぇ————————!?」」

階段の上で風真と黄以子も叫んだ。

叫ばなかったのは平見だけだった。

黄以子に診てもらった結果、平見はショックで気絶しただけで命に別状はないと分かり、しばらく休憩室に寝かせておくことになった。

「お・ま・え・は！　どこまで常識がないんだよーーーー！」

今回ばかりはアンナも言い返せず、風真のヘッドロックを甘んじて受ける。

「平見さんには私がついてますから、二人はお休みになっては」

「いやこっちの責任ですから。黄以子さんこそ部屋に戻ってください。お疲れでしょうし」

黄以子は申し訳なさそうにしたが、梶も一緒にいることを伝えると「それではお願いします」と頭を下げて部屋に戻っていった。

ちらりと邸内を覗くと、まだ黄以子を除く六人の恋人たちは気忙しく、まるで飢えた獣のように鋭い視線を振りまきながらうろついている。火鬼壱という人間ではなく、彼の築いた財に亡霊が取り憑いているかのような光景に、風真も心が冷え込んでいくのを覚えた。

昏倒していた平見は深夜三時頃に目を覚ました。剝製を見て気絶したことを恥ずかしそうにしながら、

「はて、気を失う前に私はなにかをしていたような気がするんですが……」

と首を捻っていた。

＊

翌朝六時。

休憩室でうつらうつらしていた風真らの元にやってきた梶が、挨拶もそこそこに切り出した。

「旦那(だんな)様の部屋に鍵がかかっていて、呼びかけても返事がないのです」

「まだ寝ているだけでは」

「旦那様は普段、自室に鍵をかけることはありません。なにか起きたのでなければいいのですが……」

連れ立って部屋の前に行ってみると、扉は確かに鍵がかかっているらしく、びくともしなかった。そして気になることがもう一つ。扉の前の廊下に段ボール箱が一つだけ置かれている。表には『脂肪すっきり水』の印刷。昨晩はこんなところに置かれていなかったはずだ。倉庫から持ってきたのだろうか。

「風真さん、早く旦那様を」

梶に急かされ、ドアの中に向けて呼びかけてみる。

「火鬼壱さん、起きてますか！　火鬼壱さん！」

しかし室内からはなんの音も聞こえない。

「突然の発作かなにかで倒れているのかも」

騒動を聞きつけ、屋敷のあちこちから恋人たちが集まってきた。その中には黄以子の姿もある。さすがに皆昨夜のパーティーの服装ではなかったが、部屋に戻った後も夜通し暗号と格闘していたらしく、誰の顔にも疲れの色が浮かんでいる。

「部屋の鍵は？」

「旦那様が持っている一つだけです」

すると皆の中から昨晩はほとんど無言だった黒衣の占い師、黒檀エイラが進み出た。

「不吉な予感。首をもたげた蛇の影が暴れ回っています」

「気持ち悪ぃことを言うなしこのサイコ女！」

ギャル風のルビー赤井が怒鳴りつけ、扉を睨む。

「もうぶち破るしかないっしょ」

念のため梶に了解を取り、男二人で体当たりを始める。さすがに扉は頑丈で、全力で体当たりを続けてもあと一押しが足りない。

「私も手伝います！」と腕をまくるアンナ。

「頼む！」

ところがアンナはなぜか「せーの」というかけ声とともに背後に回り、「いけええええ！」という気合の叫びとともに風真を前に突き飛ばした。

潰された蛙のような風真の悲鳴とともに扉が弾け、室内に転がり込む。

室内は電気が消えていたが、大きな窓から差しこむ光が中の様子を鮮明に照らし出す。

部屋の右手、ちょうど大きなソファセットに隠れるような位置で、絨毯敷きの床の上に前のめりに倒れた火鬼壱の体が見える。側にはゴルフクラブが落ちていた。

「火鬼壱さん！」

結界に阻まれたように一同が廊下に立ちすくむ中、真っ先に駆け寄ったのは黄以子だ。だが脈を取るために手に触れた彼女は、凍りついたように動きを止めた。

「死んでる……」

女たちの間から引きつった声が上がる。

「我々以外部屋に入らないで。梶さん、警察に連絡を！」

矢継ぎ早に指示を出すと、風真は改めて室内を観察する。

火鬼壱は後頭部から血を流してうつ伏せに倒れている。恐らく背後から殴られたのだろう。さらに死体の左手は指差すように人差し指を突き出しており、その先にはなぜか封を切っていない水のペットボトルが三本と、火鬼壱が履いていた黒い革靴が足から脱げた状態で転がっている。争いによって散らかったというよりは、なにか意図を持って配置されたようにも見える。

これらがどんな意味を持っているのか分からず、風真は首を捻った。

「こ、これは」

黄以子の視線は力なく前に伸ばされた火鬼壱の右腕に注がれていた。

「ダイイングメッセージだわ」

「なんですって！」

風真らの位置からはちょうどソファの死角になって見えなかったのだ。そのソファは定位置よりも少し右側に押し退(お)(の)けられたようにずれている。アンナとともに近づくと、血で書かれたらしい赤文字の羅列が目に飛びこんできた。横書きにされたそれは、こう読めた。

悪(あ)しきゴルフクラブ

悪しきゴルフクラブ
巫女は冬のごとき
殺意のダンスとともに
今夜 凍りつく
犯人は
黄以子だ

【現場に残されたダイイングメッセージ】

巫女は冬のごとき
殺意のダンスとともに
今夜凍りつく

さらに最後には落書きのような人の顔があって、吹き出しで「犯人は黄以子だ」と言っている、手の込んだダイイングメッセージだった。

「「めちゃくちゃ頑張って書いたな！」」

風真とアンナの声が殺人現場でハモッた。

＊

地元一の有名人といえる『磯子のドンファン』、澁澤火鬼壱が殺害された。

一報を受けて現場に急行してきた神奈川県

警の刑事、千曲鷹弘と四万十勇次――仲間からはタカ＆ユージと呼ばれている――の両名は現場の状況を把握するにつれて、眉間の皺が深くなるのを自覚した。

ドンファンと呼ばれるだけあって、屋敷がさながらハリウッド映画のごとき豪華さであるのはまだいいとしよう。だがそこには漫画でしか知らない執事と家政婦がおり、ドンファンの恋人だという六人、いや七人？の女たちが集まっていて、十億円を賭けての遺言書探しゲームの最中だというではないか。さらには――。

「探偵事務所、ネメシスぅ？」

受け取った名刺と風真の顔を何度も見比べ、ユージは胡散臭そうな声を出す。

「普通は社長の名前とか頭につけるもんじゃねえのか。ネメシスってなんだよネメシスって。秘密兵器か何かか」

「ギリシャの女神様らしいぜ」

スマホを叩いたタカが律儀に教えてくれる。

「俺はやたらと横文字を使う奴は信用しねえと決めてるんだ。それに……」

今一度目の前の二人を眺める。

風真と名乗った優男は四十二歳だというが、お人好しそうなベビーフェイスからはてんで貫禄を感じられない。場違いなストリートファッションの少女に関して、本当に関係者なのか、なぜここにいるのかもよく分からない有り様だ。

「どうせモグリの三流事務所だろう」

「モグリで悪かったな」

ユージの呟きに、背後から声がかかる。一同が振り向くとそこに男が立っていた。

「俺は一応探偵歴三十年だ。登録証もある」

「栗田さん！」

風真から火鬼壱殺害の報告を受け、急いで駆けつけたのだ。栗田の登録証を流し見たタカは、ふんと鼻を鳴らし突き返した。

「だとしても探偵の出番はないぞ」

「ご挨拶だな。俺たちは澁澤宛ての脅迫状について、かかりつけ医の上原さんから依頼を受けていたんだ。どうせあんたらが聞き込みに来るだろうから、手間を省いてやろうと思っただけさ」

尻込み(しりごみ)する様子もなく栗田は言い放つ。二人の刑事はその堂々たる態度に飲まれたのか目を逸(そ)らし、玄関ホールに集った関係者に向かって声を張り上げた。

「で、遺言書ってのはもう見つかったんですかね」

誰も手を挙げる様子はなく、女性陣はほっとしたような表情を浮かべた。

「執事の、梶さんと言いましたか。あんたは遺言書の隠し場所をご存じなのでは？」

「まさか！　旦那様は私にも知られぬよう、ご自分で隠されたのです」

タカは溜め息をつくと、面倒くさそうに指示を出した。

「順番に話を聞かせて頂きますので、皆さんは広間でお待ちください」

＊

「火鬼壱さんを守れず、申し訳ありませんでした」

事情聴取の順番を待つ間、風真は黄以子を呼び止めて頭を下げた。依頼を受けていたのに被害者の命を守れなかったのは彼にとっても痛恨の極みである。黄以子はまだ火鬼壱の死のショックから立ち直れないらしく、黙って首を振っただけ。

代わりに口を開いたのは栗田だ。

「失敗を忘れろとは言わないが、気持ちを切り替えろ。せめてもの償いに、犯人を見つけ出すことに全力を傾けるんだ」

「……はい。屋敷の戸締まりは昨夜何度も確認しましたし、セキュリティサービスも導入されていました。夜に侵入者がいれば警報が鳴ったはず」

「つまり屋敷内の誰かの犯行なのは間違いないということか」

「どうして」

黄以子がか細い声で漏らした。

「どうして火鬼壱さんは私の名前を書き残したんでしょう……」

絨毯に残っていた血文字のことだ。その中には確かに黄以子が犯人だと指摘する内容が残っていた。だが風真は強い口調で断言する。

「あの長ったらしい血文字は、ダイイングメッセージなんかじゃありませんよ。死にかけの人間が助けを呼ぶこともせずにあんなものを残す余力があるわけない」

「では、あれは」

「十中八九、犯人がやった小細工でしょう。安心してください。たとえ黄以子さんに疑いがかかろうとも、俺たちが全力で晴らしますから」

アンナも同意見らしく横で頷いている。あの血文字の羅列はただただ長いだけで、意味も不明だった。いくら火鬼壱が暗号好きだとしても、死の間際のメッセージまで暗号にすることはあるまい。

「火鬼壱氏を殺害した後、あれだけ血文字を残した上に部屋を散らかしたのなら、かなりの時間がかかったはず。犯行時刻が分かれば、アリバイから容疑者を絞れるかもしれません」

風真の言葉に黄以子が反応した。

「確実ではありませんが、遺体の様子からして死亡時刻は昨夜の零時から二時の間ではないかと思います」

さすがは医者だ。

「その時間、俺たちは気絶した平見さんに付いて休憩室にいたはずだ。一緒にいたのはアンナ、梶さん」

つまり梶と平見は犯人ではありえない。

「残るは一応黄以子さんを含め、七人の女性ということか」

動機はやはり火鬼壱が始めた遺言書探しだろうか。改めてそのルールを説明された栗田が疑問を呈(てい)した。

「十億をもらうには、手に入れた遺言書に火鬼壱氏の一筆が必要なんだろう。彼を殺してしまってはせっかくの十億がパーじゃないか。犯人はなにがしたいんだ」

「もしかしたら、目的は遺言書と一緒に同封されているもう一つの書類の方なのかもしれません。火鬼壱さんは驚くような内容だと言っていました。そこに犯人にとって不都合なことが書かれていたとしたら、犯人は口封じのために火鬼壱さんを殺したとも考えられます」

　そこでアンナが口を開いた。

「でも、どうして犯人は現場を密室にしたんですかね」

「どうしてって」

「だって他殺なのは誰の目にも明らかじゃないですか。密室を作る意味があるとは思えない」

「死体が見つかって遺言書探しが中止になるのを避けたかった、とか」

「だから遺言書を見つけても火鬼壱さんが死んだら意味ないんですって」

　それもそうか、と風真は腕を組む。

「あのう」

　そこに話しかけてくる人物がいた。家政婦の平見だ。

「警察の方にお話しした方がいいのか迷っていることがありまして」

「どんなことでしょう」

「実は昨夜、最後に旦那様にお会いした際に、お水の段ボール箱を一つ部屋に運ぶように頼まれたのです。二階の戸締まりをしてから運ぶつもりだったのですが、倉庫に行く前にアンナ様のいたずらで気絶してしまい、今の今まで忘れてしまっていたんです」

「その節はどうも……」

アンナは殊勝に頭を下げる。

いたずらに遭う直前なら、午後十一時頃だったはずだ。

「でも、今朝部屋の前に段ボール箱が置いてあったじゃないですか」

「あれは私が運んだのではありません」

この証言には風真らも首を捻る。

「同じ事を頼まれた誰かが運んだんでしょうか」

ならばなぜ部屋の中にまで運びこまず、廊下に放置したのか。もしその時すでに鍵がかかって中に入れなかったのなら、おかしいと思うはず。ますます分からないことが増えた。

「とにかく謎が多い現場だ。詳しく調べたいところだけど、思ったよりも警察が早く来て封鎖しちゃったからな。なにか捜査に進展があったか聞くことができればいいけど」

「でもあの二人の刑事さんは私たちのことを煙たく思ってるみたいですよ」

アンナの言葉に、栗田がにやりと笑う。

「大丈夫、考えがある」

彼は探偵道具が入った鞄から二本の缶コーヒーを取り出し、風真に押し付けた。

「これで刑事から情報を聞き出してこい」

＊

「ったく、どいつもこいつも腹に一物抱えてやがるな、タカ」

「仕方ないさユージ。愛人に過ぎないと割り切っていて寄ってくる女たちだ。まともなわけがねえ」

玄関を出たすぐそばで、皆からの事情聴取を終えたばかりの二人の刑事が煙草を吹かしている。どうやら犯人に直接繋がるような情報は得られなかったらしく、二人はさっきよりも不機嫌になっていた。だから、緊張感に欠けた愛想笑いを浮かべながら現れた風真に対し、刃物のような視線が向けられたのは無理からぬことだった。

「あのー、お疲れ様です」

「なんだよ探偵さん。いつまで現場をうろつくつもりだ」

「もうあんたに用はねえんだ。邪魔すると公務執行妨害でパクっちまうぞ」

早速当たりの強い言葉がぶつけられる。

「邪魔だなんてそんな。やっぱり本職の刑事さんの仕事っぷりは違うなと、勉強させてもらってたんですよ」

「嫌味かいそれは」

「滅相もない。あ、これ差し入れです。缶コーヒーですが」

「うるせえよ。あっち行ってろ！」

そんなやりとりをアンナと栗田は物陰からそっと観察する。

「やっぱ駄目そうじゃないですか、風真さん」

「安心しろ。風真はああ見えて誰にも負けない能力を持っている」

「ありましたっけ、そんなの」

「圧倒的なコミュニケーション力だ。あいつはただのお人好しのアホじゃない。缶コーヒーさえ持たせてやれば初見の相手だろうが歳が離れていようが、あるいは敵対する相手であっても心を開かせてしまう、天性の人たらしだ。自覚はないようだが」

「そうですかあ？」

アンナは首を捻る。だが栗田の正しさはすぐに証明されることになる。

「――二人の気持ちはすごく分かりますよ。仕事だから聴取するだけなのに、被疑者からも敵意を剝き出しにされると困りますよね。こっちは事件の早期解決のためにやってるのに」

「そうなんだよ！　こっちも非番返上でやってんのにさ、あれをやられちゃうとやる気がなくなっちゃうわけ」

「辛いですよねえ。最近はちょっとした言葉遣いが問題になるし」

「ホントホント。あんたみたいにペラペラと喋ってくれる奴ばかりなら助かんのに」

「ひどいですね、それじゃ俺の口が軽いみたいじゃないですか」

「ははははっ」

立ち話をすること十分。さっきまであんなに不貞不貞しい態度を取っていた刑事らと、風真は完全に打ち解けていた。こうも簡単に心のガードを開けてしまう人間は逆に気味が悪いとアンナは思った。

「風真さん、探偵よりもスパイとか詐欺師に向いてるんじゃ」

「そう言うな」

二人の囁きをよそに、刑事をすっかり味方につけた風真はさりげなく取り調べの内容について話を向ける。

「ところで今回の被疑者ですけど、どの女性も癖がありますよね。取り調べた感じ、どうでした？」

「ああ、ありゃ全員なかなかの食わせ者だな」

「誰も昨夜のアリバイはないんだが、自分の犯行は否定するくせに他の女のゴシップや弱みを吐きまくるんだ。あれが女の本性ってやつなのか」

な、とタカとユージは頷き合う。

「ただ全部が嘘ってわけでもない。調べたところ、それぞれが私生活に問題を抱えていたみたいだな。村崎由香里はクラブの経営状態が悪く大金が必要だった。森みどりは去年事務所ともめてコンサートをドタキャン。多額の賠償金を請求されている。ピアニストの青海唯衣は去年から立て続けに知人から使途不明の大金を借金していて、占い師の黒檀エイラは複数の顧客から霊感商法で訴えられ係争中。ルビー赤井はお気に入りのホストに多額の金品を貢いでいるし、桜田桃は半年前車の運転中に人身事故を起こしている」

聞き耳を立てる栗田が「すげえな……」と呟く。

「黄以……上原さんに関しては?」

「今んとこ金に困るような事情はないようだ。気になることと言えば、前の職場をやめたきっかけくらいか」

「なにかあったんですか」

「まだ怪しいとも言い切れないんだがな。彼女は日徳医大では外科医として働いていたんだが、退職するまでの最後の二年ほど、彼女の手術を受けた患者が亡くなることが数回あったようなんだ。彼女の腕の良さは院内でも知られていたし、重篤な患者が彼女に回されていただけかもしれんが」

「ただ、彼女が来てから火鬼壱さんの様子が変わったって証言はいくつかあったし、女たちからの評判はよくないみたいだ」

二人の言葉から察するにこれといった裏付けのない話のようだが、黄以子が胸に抱えている暗い過去を覗き見てしまった気がして風真は落ち着かない気分になった。

「警察は、ダイイングメッセージについてはどう考えているんですか?」

タカは頭をガリガリとかく。

「さすがにあれを鵜呑みにするほど俺たちも馬鹿じゃねえ。犯人が彼女に罪をなすりつけるために書いたんだろう。まあそれを逆手にとった可能性もなくはないけどな。ひとまず現場に落ちていたペットボトルや靴に手がかりが残っていないか調査中だ」

黄以子が疑われているわけではないと知り、風真は安堵の息をつく。

と、柱の陰に隠れたアンナがなにかメモに書いてこちらに向けていることに気づき、目を凝らしながらその内容を読み上げる。

「えー、灰皿は、見つかりまし、たか」

「ああん⁉」

「なんだとおっ！」

突然声を張り上げたタカとユージの剣幕に度肝を抜かれ、風真は「ひえぇっ」と仰け反った。

「お前、どうしてそのことを知ってるんだ」

「え？」

「現場に落ちていたゴルフクラブは凶器じゃなかった。後頭部の傷とクラブの形状が一致しなかったんで、他に凶器があると見て屋敷を捜索していたんだ。そうしたらついさっき、キッチンのゴミ箱から灰皿が見つかった」

「火鬼壱さんが使っていた灰皿ですか？　それが凶器だというのは間違いないんですか」

「ああ、指紋は綺麗に洗い流されていたが、ルミノール反応が出たし、傷の形とも一致したんで間違いない」

「このことをすでに看破していたなんて、お前もなかなかやるじゃねえか……」

探偵を見下していたはずの二人の目に感心の光が宿っていることに気づき、風真はぎこちない笑みを浮かべながら「なにかあればまた教えてくださいね」と伝えてその場から撤退した。

刑事からの聞き込みをやりとげた風真が額の汗をぬぐう間もなく、アンナは屋敷の中に舞い戻った。ずんずん進む歩みはまるで迷いがない。慌てて小さな背中を追いながら、風真は先ほど抱いた疑問を投げかけた。

「なあ、なんで灰皿が凶器だって分かったんだよ」

アンナは振り返ることなく答える。

「死体を見つけた時、ゴルフクラブに血が付いていなかったんですもん。それに、ゴルフ道具の入ったキャディバッグが置いてあったのは部屋の奥だった。咄嗟に凶器を手にしたはずの犯人がそんなところから調達したとは思えないです」

「つまりゴルフクラブを振っていたのは火鬼壱さん本人だってことか」

「そう。まして昨日テーブルの上にあった灰皿がなくなっていたら、そっちが凶器だって思うじゃないですか」

まさか一瞬現場を見ただけでテーブルの上の灰皿が消えていることに気づいたというのか。風真が驚いている間に、アンナは広いロビーを通り抜け、ある部屋の前で立ち止まった。

遠慮なくドアを叩くと、中から怪訝な顔を覗かせたのは演歌歌手の森みどりである。

「なんか用やの？」

アンナは物怖じすることなくドアの隙間に顔を寄せ、一言。

「血のダイイングメッセージを書いたのはあなたですよね、森さん」

森みどりは問い詰められると、肉付きのいい顔をぐしゃりと歪めて思いの外あっさりと陥落した。

「どうして分かったん？」

「メッセージの右横にあったソファセットです」

アンナは生徒の悪戯を見つけた教師のように腰に両手を当てる。

「絨毯には重いソファセットが少しだけ右にずらされた跡が残っていました。最初はメッセージを書くスペースを確保するためかと考えましたけど、ずらされたスペースには何も書かれていなかった。ではなぜソファはずらされていたか。メッセージを書いた人物が左利きで、右側にあるソファが邪魔だったから体で押してしまったんです。あなただけが左利きであることは昨夜のパーティーで分かっていました」

森はふくよかな体を震わせて「おーん！」と声を上げると、その場に崩れた。

「あなたが火鬼壱さんを殺したんですか」

「ちゃうわ！　うちはただヒントをもらおう思うて、火鬼壱さんの部屋に向かっただけや。そしたらちょうど、彼の部屋から黒檀さんがこそこそと出てくるのが見えてん」

「黒檀さんが？」

新たな情報にアンナたちは色めき立つ。

「先を越されたと思って、黒檀さんが去ってから部屋の中に入ったら、火鬼壱さんが殺されてたてん。部屋の中もあの通り散らかっとった」

「何時頃のことだ」

「一時近くやったわ」

「どうしてすぐに人を呼ばなかった」

鋭い栗田の追及に森の体が縮こまる。

「うちが疑われると思うたんや。だってあの長ったらしいダイイングメッセージ、元々はうちを犯人やと指摘する文章やったんやもん」

「なんだって？」

彼女の証言によると、元々血文字の最後の部分には『犯人はモリ』と書かれていたという。彼女はそれをなんとか書き換えようと、モリの部分を絵の一部に組み込むことを思いつき、落書きのような人物を描き足し、その吹き出しに『犯人は黄以子だ』と書いたのだという。

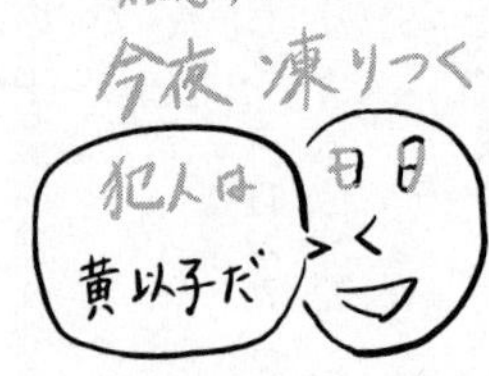

【森のダイイングメッセージの加工】

「きっと黒檀さんがうちをハメるために書いたんよ。あんなもんで殺人犯にされたらかなわんわ。ちゃうか？」

森の言い逃れに、風真の語調も鋭くなる。

「ならどうしてあなたは黒檀さんではなく、黄以子さんの名前を残したんです？　彼女にしてみればいい迷惑じゃないですか」

「だって火鬼壱さんの一番のお気に入りは黄以子さんやもん。うちらの中でもあの人が目の敵にされとるから、疑われやすいかと思うたんや」

あまりにもあっけらかんと彼女が言うので、力が抜ける思いだ。

「まあいい。よくはないが、もういい。あなたがやったのはそれだけですね？」

「あーあとな、うちが来た時は火鬼壱さんの左手が絨毯を指さしててん。絨毯は緑やから、まるで『森みどり』ってうちの名前を示しとるみたいやろ？　それも都合悪いと思って。冷蔵庫からペットボトルを出して床に転がしといたわ。あれラベルが青色やろ。普段から青海のことがいけ好かんかったから、どうせやったらちょっとでも疑いをかけたろう思うて」

「メッセージには黄以子さんの名前を残したのに、そこは黄色じゃないんですか」

「部屋に黄色の物が見当たらんかったんやもん」

森はさっきまでの落ちこみようが嘘のようにペラペラとえげつない所行を語る。彼女の場合、本気で誰かを罪に陥れようというよりも、強烈な嫌がらせとして他の人に疑いが向くような状況を作ったらしい。

「で、ドアの鍵を閉めたのもあなたですか」

「いいや、そのまま部屋を出たで」

「本当に？　だったら誰が鍵を閉めたんですか。これ以上の嘘は自分の立場を悪くするだけですよ」

「ほんまや！　今朝鍵がかかっとるのを見て、うちもびっくりしたんやから！」

隣の栗田を見やると、小さな頷きが返ってきた。嘘をついている様子はないらしい。確かに現場に立ち入ったのを認めているのに、施錠したことを否定しても意味がない。風真もここは森の言葉を信用すべきだと考えた。

　ということは、森の後にも何者かが部屋を訪れ、鍵をかけたということになる。

　そこでアンナが声を上げた。

「ちょっと待ってください。冷蔵庫からペットボトルを取り出した時、残りは何本くらいありましたか」

「まだ結構残っとったよ。六、七本はあったんちゃうかな」

「じゃあ部屋を出た時、廊下に段ボール箱はありましたか」

「そういえばなかったわ。あれも後で誰かが持って来たんかな」

　森も不思議そうに首を捻っている。

　それ以上彼女から聞きだせる情報はないと判断し、三人は部屋を後にする。

　ともかく次は森の前に現場から出てきたという占い師、黒檀エイラに話を聞くことにした。

「なるほど。部屋を出る時、邪悪な視線を感じたと思いましたが、まさか森さんに見られていたとは」

　追及を受けた黒檀は先ほどの森とは対照的に、後ろめたさを一切感じさせない無表情で淡々と語った。

「ですが私も火鬼壱様を殺してはいません。深夜、体内の毒素を排するため手洗いに向かったところ、火鬼壱様の部屋から赤井さんが幽鬼のような足取りで彷徨い出てきたのを目の当たりにし、不意に下った神託に従い部屋を覗いてみただけのこと」

「夜中にトイレに行く途中、火鬼壱さんの部屋から赤井さんが出てきたから、中を覗いたんですね」

黒檀の回りくどい表現を、風真が要約する。

彼女も森と同じく、火鬼壱の死体を発見した後、絨毯に残されたダイイングメッセージに気づいたらしい。異なるのは、彼女が見た時点ではそこに黒檀の名があったことだ。

「罰当たりなことに、血文字で『コクダンエイラ』とあったのです。不愉快極まりなかったので、線を書き加えることで別のメッセージを完成させたのです」

黒檀は実際にやったことを風真らの前で再現してみせる。縦書きにされていた『コクダンエイラ』を巧みに漢字の一部にしたり単語に組みこんだりすることで、横書きの文章を完成させ、最後に『犯人はモリ』という一文を加えたのだ。内容がいかにも彼女らしい怪しげな詩になってしまったのはご愛敬といったところか。

「器用な奴だな」

悪しきゴルフクラブ
巫女は冬のごとき
殺意のダンスとともに
今夜 凍りつく
犯人は モリ

【黒檀のダイイングメッセージの加工】

栗田も呆れ顔だ。占い師は話を続ける。

「また、火鬼壱様が漆黒の履き物を指さしているのに気づきました。このままでは同じ黒色の衣装を着ている我が身に疑いが降りかかる恐れがありましたので、靴の位置を変えて絨毯を指しているように見せたのです」

そこで「ちょっといいですか」とアンナが手を挙げる。

「だったら黒い靴を元通りに履かせておけばよかったんじゃないですか？」

「死体に触れたら穢れが移ってしまうではないですか。恐ろしいことを言わないでください」

じゃあ死体の血で詩なんて書くなよと言いたいのをぐっとこらえ、風真は森の時と同様の疑問をぶつけた。

「森さんの名前を書き残した理由は？　部屋から出てきたのは赤井さんだったんでしょう」

「殺人犯を捕まえるのは私の使命ではありませんので。それにあの姦しい演歌歌手は、我が占いをインチキと罵ったことがあるのです。私は親切に歌手としての未来がないことをお伝えし、引退のアドバイスをしただけですのに」

「だからといって罪を着せていいわけないでしょう。手間をかけさせないでくださいよ」

「すべては定められし運命。真実を白日の下に晒すのがあなたの使命であれば、しっかりとその責を果たすことです。それに――犯人は身近にいるかもしれませんよ？」

「身近って……黄以子さんのことを言っているんですか」

　黒檀は肯定も否定もせず話を続ける。

「二週間ほど前のことですが、私の知り合いが火鬼壱さんを病院で見かけたと話していたのです」

「病院嫌いの火鬼壱さんが？　どこか具合が悪いところでもあったんですか」

「まさか。体に異状があるなんて誰も聞いたことがありません。それに多少の病気でも病院に通わなくてもいいように、黄以子さんを雇っているのでしょう」

「黄以子さんに勧められて健康診断にでも行っただけなのでは？」

「ところが、黄以子さんに訊ねても知らないと言うのです。そんなことがあるのでしょうか？」

それが本当だとすれば、確かにおかしな話である。病院嫌いの火鬼壱が、黄以子にも秘密で病院に行くとは思えない。

「しかもその病院というのが、日徳医大だったのです」

黄以子が以前勤めていた病院だ。

黒檀は動揺を射貫くような、冷たく暗い目で風真を見ている。

「これらの事実と、遺言書に同封されているという〝驚きの内容〟。二つを組み合わせれば、黄以子さんにとって不都合な情報を火鬼壱さんが握っていたとも考えられるのではないでしょうか？」

続いて赤井を訪ねると、やはり彼女も犯行を否定した。ただ前の二人と違ったのは、彼女は誰かが出入りするのを見たわけではないということだ。

「あの暗号、意味がまったく分かんないからポッキーにヒントもらおうと部屋に行っただけだし。そしたらポッキーが死んでてぇ。しかも傷口を触ったのか知らないけど左手が血で真っ赤だったからあ、これじゃあたしが犯人みたいだべって思ってぇ。黒い靴を脱がせ

コクダン
エイラ
➡
悪しきゴルフクラブ
巫女は冬のごとき
殺意のダンスとともに
今夜凍りつく
犯人は　モリ
➡
悪しきゴルフクラブ
巫女は冬のごとき
殺意のダンスとともに
今夜凍りつく
犯人は
黄以子だ

【赤井→黒檀→森のダイイングメッセージの変化】

て指差させたの。あとダイニングメッセージ書いたのもあたし。マジ天才じゃね?」

黒檀の言った通り、最初に『コクダンエイラ』と書き残したのは赤井の仕業だったようだ。

「ダイイングね。……どうして黒檀さんの名を?」

「だってあいつの競馬予想外れたし。ありえんくね? でもいざ書こうと思ったら、『檀』の字が分からなかったからカタカナにした」

風真はどっと疲れた気がしてため息をつく。ともかくこれまでの三人の証言を整理すると、ダイイングメッセージ、ペットボトル、革靴と散らかっていた現場にすべて説明がついたことになる。もっとも犯人を特定するような手がかりはなにも得られていないが……。

「赤井さん。あなたが他に手を触れたものは本当にないですか。たとえば段ボール箱とか」

アンナに問われ、赤井は頬に人差し指を当てる。

「段ボール箱？　なんで？」

「……いえ」

アンナは黙って引き下がった。

森から始まった聞き込みのリレーが赤井で途切れてしまい、風真たちは再び捜査方針を考え直さなければならなくなった。

「証言を信じるのなら、現場を散らかしたのは赤井、黒檀、森で間違いない。だが彼女らが部屋に入るより前、すでに火鬼壱氏は殺されていたことになる。犯人はいったい誰なんだ。いや、そもそも証言を信じていいのか……？」

「あれだけ散らかった部屋で、謎を解く手がかりが一つも見つからないとはな」

栗田も捜査の行き詰まりを感じているのか、厳しい顔つきだ。風真は腕時計をちらりと見た。

「もうすぐ正午か。遺言書探しの期限だな。結局誰も暗号が解けなかったのか、あるいはすでに犯人がこっそり遺言書を回収してしまったのか、それすらも分からないな」

と、アンナが思いも寄らぬ言葉を口にする。

「え？　まだ暗号分かってなかったんですか」

風真は驚きのあまり声を裏返らせた。

「な、あ、アンナお前、遺言書の隠し場所が分かってるのか？」

「たかがクイズじゃないですか。昨日のパーティーの時点で分かりましたよ」

「どうして言わなかったんだよ！」

「だって私は参加資格ないし、黄以子さんは十億円いらないって言ってたし。他の女の人から恨まれるのも嫌ですもん」

あっけらかんとした物言いに思わず力が抜ける。

「お前な、遺言書の中には殺人の動機に繋がる情報があるかもしれないんだぞ」

「動機があったところで、殺人の証拠にはなりませんよ」

「それはそうかもしれないけど……」

「どうせもうすぐゲームは終わり。遺言書が持っていかれたのか確認するのはその後でもいいじゃないですか。それよりも現場のことでまだ調べてないことがありますよ」

「調べてないことってなんだよ。死体の周りに散らかっていたものについては、三人が喋っただろう」

アンナはやれやれと肩をすくめた。

「散らかっていたものに関しては、ね。逆に部屋からなくなっていたものは？」

「灰皿のことか？」

「違う。もう一つの方です」

風真が唸っていると、答えを待たずにアンナは告げた。

「ペットボトルの入った段ボール箱ですよ。私が火鬼壱さんから一箱もらった時、部屋にはまだ二箱あった。なのに死体を発見した時、同じ場所に一箱しか残ってなかった」

そういえば聞き取りの時からアンナはやけに段ボール箱にこだわっていた。

「あれから一箱開けただけのことじゃないか？　平見さんにだって新たに一箱持ってくるよう頼んでいただろう」

「一箱にはペットボトルが十八本入ってます。冷蔵庫に残っていた本数を考えると、火鬼壱さんが半日も経たない間に十一本以上も飲んだことになりますよ。明らかに多すぎます」

「なら、廊下に置かれていた段ボール箱が、部屋にあった二箱のうちの一つなんだよ。犯人はなにか理由があって、一箱を廊下に出したんだ」

ところがこれもアンナは否定する。

「部屋の中にあったのは『遺伝子すっきり水』。廊下にあったのは『脂肪すっきり水』だから、たぶん倉庫から持ってきたものです」

「ちょっと待て、どういうことだ。つまり部屋にあった二箱のうち一箱がどこかに行って、火鬼壱さんは新たに一箱を持ってくるよう平見さんに頼んで、平見さんではない誰かが倉庫から一箱持ってきたのか？　ややこしい！」

風真は天を仰いだ。

＊

黄以子は部屋の中でベッドに腰かけ、事件について考えを巡らせていた。火鬼壱の恋人たちが遺産に対して並々ならぬ執着心を抱いていたのは知っていたが、まさか火鬼壱が殺されてしまうとは。

彼女にとって火鬼壱は手のかかる雇い主ではあったが、まるきりの悪人ではなかった。情け容赦のない豪腕で財を築く一方、子供のように奔放で人生を謳歌する彼の生き様はこれまで組織と他人に尽くすばかりだった彼女にとって眩しく感じてもいた。

それになにより、これまで黄以子が力不足を思い知らされた重病人とは違い、火鬼壱は健康体だったのだ。なのに、彼は死んだ。危険の前ぶれはあんなにも明らかだったのに。

結局、自分はここでも役に立てなかった。

そうして打ちひしがれていると、ドアがノックされた。

「黄以子さん。私だけれど」

村崎の声である。普段はほとんど話しかけてくることのない恋人たちの大御所の訪問に黄以子は気を引き締め、ドアを開けた。

「なにか御用でしょうか」

「ちょっとお聞きしたいことがあるの。少しいいかしら」

村崎はそれだけ告げて廊下を歩き出す。ついてこい、ということのようだ。黄以子は少し迷ったがすぐに紫色の着物を追いかけて部屋を出た。

黄以子の姿が見えなくなると、無人となった部屋に足早に近づく人物がいた。

背が高く、鋭さすら感じる美貌の持ち主——青海である。

部屋に入ると、青海は急いでナイトテーブルの上にある黄以子のハンドバッグを開け、中からハンカチを取り出した。そして指紋をつけないよう気をつけながら、隠し持っていた小さな金属製の物体をハンカチに包む。

火鬼壱の部屋の鍵だ。

青海は一瞬口の端を邪悪な笑みの形に歪めると、ハンカチをバッグに戻し、廊下に誰もいないことを確かめてから部屋を後にした。


「黄以子さんは部屋に戻ったけど、あんなものでよかったかしら？」

十分後。自室に戻った青海の元に、先ほど黄以子を連れ出した村崎が訪ねて来た。青海は自信たっぷりに頷く。

「ええ。あとの仕上げは他愛ないものですから」

「黄以子さんも可哀想ねえ。あの歳で殺人者になってしまうだなんて」

言葉とは裏腹に、村崎の声は楽しげに弾んでいる。

「元々あの女は恋人でもないんですから、相続から外れたって文句は言えない立場でしょう」

「おお怖い。——それはそうと青海さん。本当のところ、火鬼壱さんを殺したのはあなたなのではなくて？」

村崎の問いにも青海は余裕を崩さず、まるで歌い上げるように返した。

「詮索（せんさく）はよしましょうよ、由香里さん。お互いのためにも」

＊

「現場を見させてほしい？　しょうがねえな。鑑識作業はあらかた終わったところだし」

「その代わり散らかすんじゃねえぞ」

駄目元で現場への立ち入りを頼んでみたところ二人の刑事からあっさりと許可が下り、風真たちは拍子（ひょうし）抜（ぬ）けした。どうやら先ほどの灰皿の推理が評価されたようだ。

「好都合だ。気が変わらないうちに現場を拝ませてもらうぞ」

風真にしか聞こえないよう栗田が囁き、三人は現場の入口に張られた規制テープをまたいで中に入る。

三人が死体のあった場所付近には目もくれず、ベランダや寝室を調べ回るのを見て、刑事たちは不思議そうに訊ねた。

「なにか探しているものでも？」

「ええ、ちょっと段ボール箱を……」

風真のぎこちない答えを聞いたタカが、ぽんと手を打つ。

「段ボール箱といえば一つ気になることがあったな。殺しと直接の関係はないかもしれんが」

「気になること？」

テーブルの下を覗きこんでいたアンナが動きを止めて耳をそばだてる。

「廊下に置かれていた段ボール箱だがな。念のために指紋を採取したんだが、綺麗に拭き取られて一つも出てこなかったんだ」

「段ボールなんて殺しに使われたとは思えないが、指紋を拭き取るなんて犯人の仕業としか思えないんじゃないかって」

タカとユージが口々に言うのを聞きながら、アンナはなにごとかをじっと考える。

その時、

「おい、これ！」

クローゼットを開けた栗田が声を上げた。彼が示す場所を覗きこむと、高級そうな服がたくさん吊られた足元に、なぜか『遺伝子すっきり水』の段ボール箱が一つ置かれていた。

すぐさま執事の梶が部屋に呼ばれたが、彼もそれを見て首を傾げる。

「こんなところに保管した覚えはありません。水はすべて同じ場所に積んでおくか、中身を取り出して冷蔵庫で冷やしておく習慣でしたので」

「つまり、どういうこった」

タカの言葉に風真が指を折りつつ言う。

「一、元々この部屋には二つの段ボール箱があった。
二、誰かの手によってそのうちの一つがクローゼットに隠された。
三、火鬼壱さんはもう一箱持ってくるよう平見さんに頼んだ。
四、平見さんが気絶したので、他の誰かが倉庫から運んできて部屋の前に置いた。
ということになるのかな」

「……つまりどういうことだ？」

再び繰り返され、風真は返答に詰まる。

その時、青海が廊下から開いたままのドアをノックした。見ると廊下には他の恋人たちも集まっており、中には黄以子の姿もあった。

「刑事さん、仕事があるので私たちはそろそろ帰らせてもらいたいのですけど」

タカらはわずかに不満を顔に浮かべたが、捜査の進展がない今、いつまでも彼女らを引き留めることはできない。

「仕方ない。それじゃあまた必要になった時に連絡しますんで、連絡先を教えてもらったらお帰りいただいて結構です」

ようやく解放される安堵に皆が溜め息をもらす。

が、その時村崎と青海が小さく目配せを交わしたことに誰も気づかなかった。

「あっ」

小さな声とともに村崎が持っていたペットボトルを床に落とし、弾みで飛び散った水が側にいた青海の足を濡らす。

「ごめんなさい、私ったら」

「大丈夫ですよ由香里さん。安い靴ですから」

青海は取り乱すことなく、

「黄以子さん、悪いけどハンカチを貸して頂けない?」

となぜか後方にいた黄以子に求める。

「あ、はい」

黄以子がなんの疑いもなくハンドバッグから白いハンカチを取り出した時——。

ポトリ。

ハンカチから何かが落ちた。周囲の視線が集まる。

「これは……」

黄以子が不思議そうに手を伸ばした時、梶が叫んだ。

「それはこの部屋の鍵でございます！」

「なんだって」

途端にざわめきが満ちる。タカが規制テープを越えて駆けつけ、鍵を拾ってドアの鍵穴に差しこんで回すと、ガチャリという音と共に錠が下りた。間違いなくこの部屋の鍵だ。

タカは厳しい顔で黄以子をにらむ。

「上原さん、どうしてあなたが持っていたんです。現場を密室にできたのはこの鍵を持つ人だけなんですよ」

「そんな、私、知りません」

黄以子は必死に否定するが、周囲の視線は冷たさを増す一方だ。

「現にあなたの鞄から出てきたじゃない。やっぱり火鬼壱さんが現場に書き残していた通り、あなたが犯人だったんじゃないの」

青海が激しい口調で糾弾すると、他の女性たちもそれに続く。

「かかりつけ医の立場を利用して火鬼壱さんに取り入ってたんだわ」

「もう観念したらどうなの、黄以子さん」

「ちょっと、皆さん――」

この窮状を見過ごせないと栗田と風真が皆の前に立ち塞がるが、詰問を超えて怒号を浴びせる女性らの勢いは収まらない。

その時である。

小さな呟きが聞こえた。

「アンナ、入ります」

「えっ」風真が振り返ると、喧噪の中、アンナが目をつむり、時間が止まったかのようにぴたりと動きを止めていた。

風真は知らない。これぞアンナが思考能力を限界まで高めるため、五感を切り離して超速計算の世界に没入した姿であることを。

その名も『空間没入』。この精神世界の中ではこれまで見聞きしたすべての手がかりがきら星となって輝きを放っている。星は互いに引き寄せ合い、分子構造のように結びついては新たな形を成し、かと思えば細かく砕けて元の姿に戻ったかと思うとまた別のものと引き寄せ合う、という手順をひたすらに繰り返す。

時間にすればほんの数秒。

何千、何万もの検証の末、矛盾をはらむ構造は片っ端から排除され、アンナの頭には唯

—残った完璧で強固な構造だけが燦然と輝きを放っていた。

「演算終了——もう逃がさない」


目を開くなりそう告げたアンナを、風真は怪訝な顔で見る。

「なんだって？」

「風真さん。さっきのやりとり、おかしいところがあったでしょ」

「さっき？」

黄以子のバッグから鍵が落ちた後のことだろうか。風真は記憶を辿り、やがて「あっ」と目を見開いた。ある人物が発した言葉の不自然さに気づいたからである。

「そういうことだったのか」

「そういうことです！」

二人は頷き合う。

その背後で、騒ぎ立てる女性らをなんとか宥めたタカたちは、黄以子に任意同行を求めているところだった。

「とにかく、あなたには署まで来てもらい、詳しい話を伺わないと」

風真は刑事と黄以子の間に割って入る。

「それには及びませんよ、二人とも」

「探偵、なにか分かったのか」

風真は自信たっぷりに頷く。その横でアンナも気合を顕わに腕まくりし、

「今から私たちが火鬼壱さんを殺した犯人をふがあ！」

啖呵を切ろうとしたところで背後から伸びた手によって口を塞がれ、アンナは部屋の外に担ぎ出された。

「お前は目立つんじゃない」

そう叱りつけたのは栗田だ。

「どうしてですか。せっかく犯人が分かったのに」

「ここは風真に花を持たせてやれ。あいつだって探偵として一皮むける時期だ」

「でも、でもー」

駄々をこねるも、抵抗虚しくアンナは廊下をずるずると引きずられていった。

一方、風真は部屋の扉を背に立ち、半円状に集った関係者の顔ぶれを見回すと「さて」と自信に満ちた態度で切り出した。

「この世に晴れない霧がないように、解けない謎もいつかは解ける。解いてみせましょ

う、この謎を。さあ真相解明の時間です」

「真相って、黄以子さんが犯人だと分かったばかりじゃない」

村崎が不満げに言う。

「そう思うのも無理のないことです。なぜなら今朝死体が見つかった時、この部屋は鍵がかかった密室であり、その鍵が黄以子さんのバッグから見つかったのですから。ですがこれこそ犯人の計画の一部だったんです」

「犯人の計画だって」

タカが解決編にうってつけの合いの手を入れる。おかげで風真の口はますます滑らかに言葉を継いだ。

「よく考えてみてください。火鬼壱さんは他殺であることが明らかな上、皆さんの中にはっきりしたアリバイを持つ人もいません。それなのに現場を密室にする意味なんてないでしょう」

ざわめきに混じり、女性陣の中から「確かに……」という呟きが漏れる。

「現場が密室にされた目的は自殺に見せかけたりアリバイを作ったりするためではなく、鍵を押し付けることで黄以子さんに罪をなすりつけることだったのです！」

「「な、なんだってぇ！」」

タカとユージが、まるで呼吸を合わせたように叫んだ。

*

「調子いいなあ、風真さん」

「言っただろう。あいつも長年俺の側で学んできたんだ。心配はいらん」

風真が独壇場で謎解きを進行している様子を、アンナと栗田は窓の外からこっそり窺っていた。幸い皆はこちらに背を向けている形のため、気づかれる恐れはない。

唯一心配事があるとすれば――。

「大丈夫ですかね」

「なにがだ」

「風真さん、遺言書の暗号は解けているのかなって。それが分かってないと犯人は分からないはずなんですけど」

＊

「ちょっと待てよ探偵。上原さんが罠にはめられたのはあくまで可能性であって、証拠はないだろう。鍵から犯人の指紋でも出てこない限りは……」

ユージが疑問を呈するが、風真は動じることなく頷く。

「ええ。ですが犯人はさっき決定的なミスを犯しました」

「ミスだって」

風真は天を指すように突き上げた右腕を、ある人物めがけてゆっくりと振り下ろす。

「そのミスをしたのは——青海さん、あなたです！」

名指しされた青海は目を見開き、近くに立っていた女性たちが弾かれたように距離を置いた。だがさすがはピアニストの胆力というべきか、青海は取り乱すことなく鋭い視線を返す。

「馬鹿言わないで。私がどんなミスをしたっていうの」

「あなたは黄以子さんが鍵を落としたのを見てこう言った。『火鬼壱さんが現場に書き残していた通り、あなたが犯人だったんじゃないの』と。ですが血文字のメッセージはソファの陰に隠れる形で書かれており、部屋の中に立ち入らないと見ることができないのです。事実、俺やアンナもメッセージに気づいたのは死体の側に来た時だった。廊下からしか部屋を覗いていないあなたはメッセージを見られなかったはずなのに、どうして黄以子さんを指していると知っていたんです？」

「そ、それは刑事さんから聞いて……」

「いや、我々は話していない！　あんなデタラメなメッセージなんて信じるのも馬鹿らしかったからだ」

青海の弁明をタカの鋭い声が遮る。

もはや逃げ場をなくした青海に、風真は厳しい顔つきで言う。

「昨夜ここを訪れたあなたは衝動的に火鬼壱さんを殺してしまい、気が動転して一旦現場を離れたのでしょう。その間に赤井さん、黒檀さん、森さんが順に死体を発見し、それぞれが現場に細工を施した。他の人に疑いがかかるような物を置いたり、血文字のメッセージを残したりしてね」

名を呼ばれた三人は気まずそうに視線を送り合う。

「その後、冷静になったあなたは証拠を隠滅するために現場に戻った。様変わりした光景に驚いたでしょうが、森さんが書いた血文字のメッセージに従って黄以子さんに罪をなすりつけようと考え、引き出しにあった鍵を使って密室を作った。あとは黄以子さんの隙を見てバッグに鍵を仕込めばいいわけです」

風真はそこで言葉を止めて大きく息を吸うと、高らかに宣言した。

「火鬼壱さん殺害の犯人は――青海唯衣、あなただ!」

＊

「うそお!」

窓に貼りついて風真の演説を聞いていたアンナは、思わず叫び声を上げて頭を掻きむしった。

「風真さんのバカッ! そうじゃないのに! 栗田さん、なにか書くもの、書くものない?」

「急に言われてもだな……」

＊

——決まった。

風真は心の中で固く拳を握り、自分の推理に酔いしれる。

皆は犯人の陰謀を暴いた彼の活躍に言葉を失い、いまだ口を利けずにいる。無理もないことだ。警察ですら解決の糸口を摑めなかった事件を独力で片づけてしまったのだから。

これまで栗田やアンナには散々三流だのポンコツだの童顔だのと馬鹿にされたが、今後は正当な評価が下されるに違いない。

——などという風真の妄想を断ち切ったのは、青海の必死の訴えだった。

「ちょっと待って。確かに部屋を密室にしたのは私よ。森さんが部屋から出てくるのを見て、何事かと思って覗いたらあの惨状だったのよ。鍵をかけたのは、あのまま現場が発見されて黄以子さんが捕まればいいと思っただけなの。火鬼壱さんを殺したのは私じゃないわ！」

まだ言い逃れするのか、とうんざりした風真だったが、続いてユージまでもが躊躇いがちに言葉を挟む。

「言われてみりゃあ、青海さんの失言は彼女が部屋に立ち入った証拠にはなっても、殺人の証拠にはならねえぞ。他の三人の女性のように、細工をしただけなら……」

「……そう、ですよね」

先ほどとは違った空気をまとった沈黙が部屋を包んだ。

風真の背中に一筋の汗が伝う。

まずい。今さら犯人は分かりません、では格好がつかないぞ。

その時、風真の目に思わぬものが飛びこんできた。

窓の外に立った栗田が、こちらに向けて両腕でバッテンを作っているのだ。

どうやら「そうじゃない」と言いたいらしい。続けて彼は「小さく前にならえ」のようなポーズをとると、両手を一つ分隣の空間に移動させる。「一日置いといて」である。

なにかアドバイスをくれるらしい。

その時、栗田の横にアンナが姿を現した。どこから持ってきたのか、頭上にスケッチブックを掲げている。

そこには大きく、

『段ボール箱の説明しろ』

と書かれている。意図は分からないが、とにかく指示に従おうと決めた。

「えー、ごほん」

咳を一つ、再び威厳を取り繕う。

「さっきのは青海さんを試したのです。失礼。では犯人の正体を明らかにするにあたって、一つ不可解な事実を説明させてください。それはペットボトルの入った段ボール箱についてです。昨日の時点でこの部屋には手をつけていない段ボール箱が二つありましたし、冷蔵庫にも何本もペットボトルが入っていた。にも拘わらず、火鬼壱さんは亡くなる前にもう一箱倉庫から持ってくるよう平見さんに指示していました」

「それがどうしたんよ。たくさん飲みたかっただけちゃうの」

森の大きな声が響くが、構わず続ける。

「問題はその直後、平見さんがアンナの悪戯に遭って気絶してしまったせいで、指示を果たせなかったことです。ですが朝には誰が運んだのか、部屋の前に段ボール箱が置かれていました。ちなみに指紋は綺麗に拭き取られていたそうです。さらにおかしなことに、室内にあった二箱のうち一つがクローゼットに隠されていたのです」

「わけ分かんないし」

赤井が金髪の房を指でねじりながら唇を尖らせる。

「犯人が一箱隠したくせに、気絶した平見さんの代わりに別の段ボール箱を運んできたってこと？」

「どうしてそんな回りくどいことを」

「しかも部屋に置かずに廊下に置きっ放し？」

答えを求める視線が次々と風真に突き刺さるが、それを聞きたいのは風真の方だ。なんと誤魔化そうかまごついていると、窓の外でアンナが新たなページを掲げた。


『理由はゆい言書のかくしばしょ』


風真はただ必死に内容を読み上げる。

「えー、その理由は遺言書の隠し場所にあったのです」

遺言と聞いて、女性陣の表情が鬼気迫るものへと一変した。

「なんですって。暗号が解けたの」

「どこなのですか、その隠し場所は」

「ちょ、ちょっと落ち着いて！」

助けを求めて外を見るも、アンナはまだ必死にペンを走らせている最中。その隣で栗田はテレビ番組のＡＤのように両手を外に広げ、『引き延ばせ！』とジェスチャーしている。

ええい、なるようになれ。

風真は思いつくままに口を開いた。

「そもそも私がこの暗号を解くきっかけを得たのは、小学生の頃のある出来事を思い出したからです。当時シャーロック・ホームズにドハマりしていた私は、暗号こそがこの世で最も魅力的なメッセージであると思いこみ、同じクラスの好きな女の子に暗号でラブレターを書くことにしたのです。簡単に解けてしまっては男が廃る(すた)と考えた私は、二重三重の解法を組み合わせた超難解な文章を考案したのですが……」

*

必死にペンを走らせながらアンナは叫ぶ。

「もう栗田さんが中に入って説明してくださいよ！」

「俺は暗号を見せてもらってないんだよ！　いいから急げ。あいつ、自分の黒歴史をカミングアウトし始めたぞ」

「ちょっと、それ最後まで聞いてからにしませんか」

「言ってる場合か！　さっさと書け！」

＊

「結局それがラブレターだって気づいてすらもらえなかったんじゃないのよ！　いったいなんの話だったの⁉」

「遺言書の隠し場所をさっさと教えなさいよ！」

「ごめんなさい！　ちょっと落ち着いて」

ゾンビ映画のように押し寄せる女性陣を風真がなんとかなだめていると、視界の端にようやく待望のスケッチブックが掲げられるのが見えた。

「分かりました、説明します。ええと……あのクロスワードはですね、皆さんの名前に入っている色を当てはめていくことで完成するんですよ」

風真は近くにいた村崎から問題用紙を受け取り、皆に見せる。

「色ですって？」

「ええ。ただし英語で。赤井さんのＲＥＤ、青海さんのＢＬＵＥ、桜田さんのＰＩＮＫ、黒檀さんのＢＬＡＣＫ、森さんのＧＲＥＥＮ、黄以子さんのＹＥＬＬＯＷ、そして村崎さんのＰＵＲＰＬＥです。まずは……」

スケッチブックを盗み見ながら手順を説明しようとするが、文章が長い分字が小さいのと、アンナが急いで書き殴ったのとで、目をよく凝らさなければ文字が読めない。風真がつい窓の外に意識を取られていると、

「なんだ？　外になにかあるのか」

目ざとくそれに気づいたユージが後ろを振り向く。

（わああ――――――――！）

風真は声にならない悲鳴を上げた。

＊

「あ、危な……」

ユージに見つかる寸前、栗田とアンナは横にひとっ飛びしてなんとか難を逃れた。室内からは説明の続きを求める喧噪が漏れ聞こえてくる。

栗田は再び中の様子を窺いながら、

「アンナ、早く続きを出せ。風真が困ってるぞ」

「分かってますよ！」

「文字を大きく、簡潔に、風真にも分かるように書くんだ」

「ああもうなんで私が苦労しなきゃいけないのよ……」

「風真の成長のためだ」

「風真さんの馬鹿っ！」

怒りに震えながらペンを振るう。

＊

ようやく掲げられたスケッチブックを参考に、風真はパズルの手順を説明し始めた。

「まずは上から二段目の、三マスの部分に入るのはＲＥＤしかありませんよね。そうすると、縦の六マスは二文字目がＥになるので、ＹＥＬＬＯＷが入ります。となると三段目と四段目はＬの位置からしてそれぞれＢＬＵＥとＢＬＡＣＫが当てはまり、残る右端の部分はＰＩＮＫとなるわけです」

「ちょっと、うちのＧＲＥＥＮと村崎さんのＰＵＲＰＬＥが使われてへんやんか！　そんなん暗号として不完全やわ」

森が不満の声を上げる。

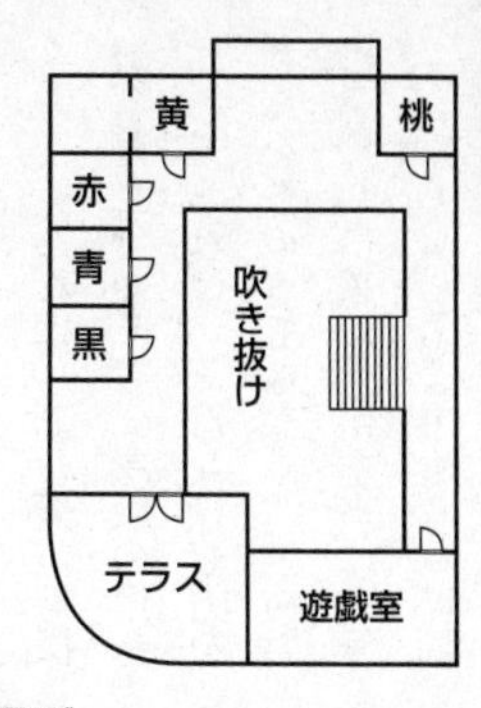

2F

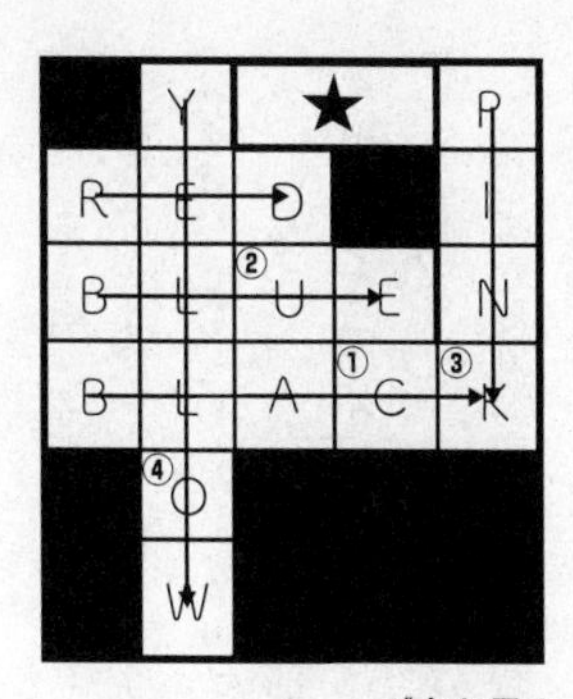

《上を見よ。星の下を探せ》

①②①③④④
CUCKOO

「いえいえ、ちゃんとヒントがあるんですよ。『上を見よ』と書かれているでしょう。これは暗号を配られた場所の上、つまり二階に注目しろという意味だったんです。クロスワードに入れた色の頭文字の位置を見てください。なにかに気づきませんか」

「あっ！」

声を上げたのは黄以子だった。

「二階の部屋割りですね！」

「その通り。頭文字の位置は、二階の皆さんの部屋を示している。だからこそ、一階の部屋を使っている森さんと村崎さんの色は使われていないわけです。となると最後のヒント、『星の下』とはここ、一階の火鬼壱さんの部屋を指している」

タカが急いでクロスワードを埋めている。

「ということは、番号のマス目に入っているアルファベットを並べると……」
①はC、②はU、③はK、④はO。
「答えはCUCKOO。つまりカッコウか」

「カッコウって、鳥の？　この部屋にはカッコウなんていないわよ」

桜田が首を傾げる。

「いえ、いますよ。その鳩時計です」

皆の視線が風真の頭上にある時計に向けられた。

「日本では鳩時計と呼ばれていますが、実はこの鳥はカッコウなんです。日本では閑古鳥とも呼ばれるため、縁起が悪く鳩時計と呼ばれるようになったと言われています」

風真はなんとか説明を終えたことに安堵しながら言葉を続ける。

「考えてみれば、この遺言書探しには最初から不思議な点がありました。皆さんは暗号が難解だと分かると、屋敷の中を手当たり次第に探し始めましたよね。出題者の火鬼壱さんにしてみれば、そんな探し方をされるのは本意ではなかったはずです。それなのに彼は皆さんを咎めるでもなく、余裕の態度を取っていました。彼はこの部屋にいることで、遺言書を探しに来た人が本当に暗号を解いたのか確かめるつもりだったのです」

「だからいつもよりも早い時間に部屋に戻られたのですね」

梶が納得したように頷く。

「よし、ユージ」

「おう」

二人の刑事は部屋を見回した後、ユージがタカを肩車することで鳩時計に手を伸ばす。

するとその裏に貼りつけられた封筒が見つかった。

「本当にあった、犯人もまだ手に入れてなかったのか」

「この中に犯人の秘密が書いてあるわけだ。犯人は口封じをするために火鬼壱さんを殺した」

ユージの言葉に風真は、

「その通りです！」

と力強く頷いたが、

「じゃないっ、違います！」

と即座に撤回した。

窓の外で、我慢の限界を超えたらしいアンナがガラス窓を叩き割ろうと暴れているのと、それを必死の形相で羽交い締めにしている栗田を目の当たりにしたためだ。

そこに追加のメッセージが掲げられた。

『なぜ肩車？』

指示された通りに喋るしかない。

「今、お二人は肩車をしました。なぜですか」

「そりゃ、この部屋には踏み台になりそうなものがないから……」

そうか、と風真は納得する。火鬼壱の部屋には重厚なソファセットや巨大なローテーブルはあっても、デスクチェアーのような運びやすい家具が見当たらない。

『段ボールがふみ台』

そのメッセージで、風真もようやく謎の根本に気づく。

「火鬼壱氏は遺言書探しのために、もう一つ仕掛けを用意していたんです。それは時計に手を届かせるために、あるものを踏み台として利用しなければならないことです。それこそ、ペットボトルの入った段ボール箱だった」

皆の視線が壁際に積まれた二つの段ボール箱に集まる。その隙にアンナが新たなページをめくった。

『テーブルの集合写真　身長差』

「昨夜の時点ではあのように二箱を踏み台として用意していました。ですがパーティーから戻ってきた火鬼壱さんは、集合写真を見てある見落としに気づいたのです。自分よりも背の低い女性は、段ボール二箱に上っても時計に手が届かないことに。遺言書を隠したのは火鬼壱さん自身です。恐らく時計は彼がちょうど手の届く高さだったのでしょう」

家政婦の平見がなにかに気づいた。

「それでは、私にもう一箱持ってくるようおっしゃったのは」

「ええ、水を飲みたかったのではなく、もう一段踏み台を増やそうとしたのです」

ところがタカは納得いかなそうに首を捻る。

「だが、二つあったうちの一箱はクローゼットに隠されていたよな。火鬼壱さんはどうしてそんなことを？」

風真はちらりと視線を窓に移す。すでに新たなメッセージが出ている。

『犯人のしわざ　平見さん気絶したから』

「一箱を隠したのは火鬼壱さんではなく犯人です。暗号を解いた犯人は遺言書を手に入れるためこの部屋を訪れましたが、火鬼壱さんとの間で諍いが起き、彼を殺してしまった。犯人はとにかく遺言書を手に入れようと二つの段ボール箱の上に立ちましたが、犯人の身長では時計に手が届かなかったのです。不運なことに平見さんが気絶していたため、犯人は自分の手で段ボール箱を倉庫から運んでこなければいけなかった。ところがここで犯人はあることを危惧したのです。それは、自分が倉庫に行っている間に、他の人が遺言書を手に入れてしまう可能性です。だから一箱を隠し、誰であっても手が届かないようにしたんです！」

＊

アンナたちのヒントに誘導された風真はいつしかノリノリで話を続け、先ほどからアンナたちの方を見ようとしない。アンナは焦れながらなんとか注意を引こうとする。

「なにやってんのかな、ここからが大事なのに」

「あいつにも犯人が分かったんじゃないか」

「風真さんに限ってそれはないです」

「そうだな」

もはや栗田も愛弟子(まなでし)を庇(かば)おうとしなかった。

「こらっ、こっち見ろ！」

＊

風真はアンナらの合図に気づかず、気分良く推理を披露し続ける。

「こうして倉庫に段ボール箱を取りに行った犯人でしたが、またしても不運に見舞われます。赤井さん、黒檀さん、森さんが立て続けに現場に立ち入った上、最後に訪れた青海さんが部屋のドアに鍵をかけて立ち去ってしまったのです！」

「なるほどな！」タカが手を打った。「だから犯人はせっかく運んできた箱を部屋の前に残して去ったのか。倉庫に戻すところを他の人に見られたら都合が悪いものな」

「おい探偵、つまり犯人は……」

「火鬼壱さんよりも背の低い人ということになります！」

声を受けてすぐさまタカがテーブル上の写真に飛びつく。全員が並んで写っている写真を見れば、誰が条件に当てはまるのか一目瞭然（いちもくりょうぜん）のはずだ。

しかし。

「探偵……！」

「はい」

「三人いる」

「は？」

「火鬼壱氏より低いのは村崎さん、桜田さん、黒檀さんの三人だ」

これでは誰が犯人か絞りこめない。

てっきり謎を解き明かしたつもりでいた風真は動揺を必死で押し隠し、助けを求めてようやく窓に目を向ける。

すると鬼のような形相のアンナが、

『見ろ！　どつくぞ！』

と脅迫めいた言葉を掲げているのが目に飛びこんできて、風真は凍りついた。

隣の栗田がなんとか彼女を宥めて次のページをめくると、そこには新たな情報が。それを見た風真の脳裏に、今度こそ真実の光が差す。

気合を入れるように両頬をはたき、再び皆に向き合う。

「犯人は火鬼壱さんよりも低い身長の人物であると分かりました。残る容疑者は三人。この中に犯人がいます。それは――」

風真の指が勢いよく一人の女性を示す。

「桜田桃さん、あなたです！」

驚きの声があちこちで湧き上がった。童顔の地下アイドルはしかし、信じられないといった顔で両手を顎に当て首を振る。

「ひどぉい。なんで私が犯人扱いされなきゃならないんですかあ」

風真は油断のない声で告げる。

「まず、手がかりになるのは凶器である灰皿です」

「灰皿？　ゴルフクラブじゃなかったの？」

驚きの声を上げたのは青海だ。

「ゴルフクラブは殺害時に火鬼壱さんが持っていただけで、凶器に用いられたのはテーブルにあった灰皿なんです。そうですね？」

話を向けられたタカは頷く。

「間違いない。指紋や血痕が洗い落とされた状態でキッチンのゴミ箱に捨てられていた」

「つまり犯人は丁寧に指紋を消すため、灰皿を現場から持ち去ったのです。ところで、黒檀さん」

急に名前を呼ばれ、黒衣の占い師は身構える。

「なんでしょうか」

「昨日から、あなたは常に手袋を着用されていますね」

「もちろん。私は水晶をよく使いますから、お手洗いと入浴以外の時は常に着用していますわ」

彼女は見せつけるように両手を持ち上げる。それを見て風真は頷いた。

「常に手袋をしている黒檀さんが犯人なら、凶器に指紋は付きません。すなわち現場から持ち出すというリスクを背負ってまで凶器の指紋を拭く必要はないのです。よって彼女は犯人ではない」

「でもでも、まだ村崎さんが残っていますぅ！　あのオバサンも素手ですよう」

「誰がオバサンよ、このガキ！」

不毛な言い争いを始めた二人を諫める。

「そこまでにしてください。もう一度廊下に置かれた段ボール箱について考えてみれば、答えは明らかです。犯人は踏み台として使うため、倉庫から段ボール箱を持ってきた。ところが村崎さんは昨夜のパーティーの時、火鬼壱さんから水を一箱もらっており、彼女の部屋はこのすぐ側なんです」

　ヒントをもらおうと擦り寄った時のことだ。風真やアンナも目の前でそれを見ている。

「もし村崎さんが犯人であれば、わざわざ遠い倉庫まで行かずとも、自室に段ボール箱があったんですよ。それに、部屋の前に置かれていたのは彼女がもらった『頭すっきり水』ではなく倉庫にあった『脂肪すっきり水』だった。よって彼女も犯人ではありえない。残るは桜田桃、あなたが火鬼壱さんの殺害犯というわけです」

　桜田はなおも反論しようと口を開いたが、言葉が出てこない。

「誤魔化そうとしても無駄だぞ。段ボール箱に残った靴の跡、昨日の衣服、徹底的に調べれば証拠が必ず出てくる。その前にさっさと自供するんだな」

　タカが問い詰めると、彼女の肩からがくりと力が抜ける。

「ちっくしょーーーーーーー！」

桜田桃の仮面が剝（は）がれ落（お）ちた瞬間だった。

たくさんの人々の好奇心と視線を集めながら、桜田を乗せたパトカーが屋敷を出る。その姿が曲がり角に消え、一夜の出来事がまるで嘘だったかのように屋敷が静けさを取り戻してもなお、黄以子と風真は門の前に並び立ち尽くしていた。

やがて黄以子が頭を下げる。

「ありがとうございました。風真さんがいなければどうなっていたか」

「なにを言ってるんですか。依頼人を守るのは探偵として当然のことですよ」

得意顔を浮かべる風真の背後から、恨めしげな声が聞こえてきたのはその時だった。

「なーにが当然のこと、ですって？」

「げ、アンナ……」

「風真さんのせいで、めちゃくちゃお腹減った。最悪……」

仁王立ちしたアンナの横にはやれやれと肩をすくめる栗田の姿もある。

「まあ色々と言いたいことはあるが、事件は解決だ」

「火鬼壱さんが殺された動機は、やはり桜田さんの秘密を握っていたからですか？」

黄以子の問いに、栗田は曖昧に首を振った。

「刑事たちによると遺言書のどこにもそんな記述はなかったそうです。だが桜田は火鬼壱さんが自分を相続から外すために遺言書を書き換えるのだと勘違いした。最初は脅迫状を出してパーティーを中止させようとし、それが失敗したため実力行使に出たんです」

「そんな……」

黄以子が沈痛な面持ちで目を伏せた。勘違いから生じた自己保身のために殺されたのでは、火鬼壱が哀れすぎると思ったのだろう。

「桜田が刑事に漏らしたところによると、以前起こした人身事故の相手というのが、ストーカーばりに彼女に付きまとっていた質の悪いファンだったようでね。さらに悪いことに、彼女は事故を起こした直後、救護せずに一度現場を立ち去ってしまったんだとか」

「つまり、ひき逃げしたってことですか？」

アンナが顔をしかめる。

桜田にしてみれば人身事故という過失だけでなく、ストーカーによる報復を恐れて咄嗟に逃げてしまったのかもしれないが、却ってこれ以上ない弱みをさらした形だ。ただの事故とひき逃げでは、社会的なイメージも天と地ほど違う。地下アイドル活動の命綱を、よりによってストーカーに握られてしまうとは。

「口止めと引き換えにいったいどんな要求を受けていたのか……。無論彼女にとっては火鬼壱の遺産は喉から手が出るほど欲しかっただろうな」

「その遺産ですけど、いったいどうなるんでしょうね」

風真がこぼす。結局女性たちは誰も暗号を解けなかったし、桜田は逮捕されてしまった。

「恐らく遺言通り十億円はどこかに寄付し、残った分は桜田を除いた女性で分け合うことになるんじゃないか。無論黄以子さんもその一人だ」

「お金なんてもらえません。私はあの人の命を救うこともできなかったのに」

黄以子が首を振って拒絶の意志を示した時だった。

「そうおっしゃらず、どうか旦那様の気持ちを汲んでくださいませんか。黄以子先生」

穏やかな声で話しかけてきたのは執事の梶だった。彼は黄以子の前にやってくると、数枚の便箋を差し出す。

「遺言書に同封されていたものです。ここに旦那様がおっしゃっていた、〝驚くような内容〟が書かれています」

紙面に目を走らせる黄以子の表情に、徐々に驚きの色が広がった。

「これは……」

「臓器提供の同意書と、献体提供の同意書です。旦那様は死後、自分の体を人と医療のために役立ててほしいとお考えになっていたんです」

それはアンナたちにとっても意外な事実だった。火鬼壱は自分の欲望に忠実ではあったが、公共の利益に奉仕するようなタイプには思えなかったからだ。

「どうして……」

「あなたのお陰ですよ、黄以子先生。旦那様の人生で最も信用できるものはお金であり、人との関係もまた、お金があってこそ成り立つものだと信じておられました。ですがあなたは違った。旦那様の身を心から案じ、時に叱ってくれる、唯一の存在だったのです。命は失われてしまいましたが、旦那様の心は十分に救われていたのですよ。だからこそ旦那様はあなたのような医者を志す方の役に立てればと、お金に換えることのできないご自身の体を捧げる決意をされたのです」

「火鬼壱さんがこっそり病院に行ったのって、そのためだったんですね」

アンナの言葉に梶は頷く。

「不健康だとドナーになれない可能性がありますからね。かといって黄以子先生に説明するのも気恥ずかしかったのでしょう。あの水を飲まれるようになったのも、願掛けの意味合いがあったのではないでしょうか」

黄以子は顔を両手で覆い、指の隙間から水滴が零れ落ちる。一度は医者の道を諦めかけた彼女の心が報われた瞬間だった。

探偵事務所ネメシスでは今日も朝から風真の声が響く。

「アンナッ！　お前お茶を買いに行くって言ったくせに、どこをほっつき歩いているんだ！」

買い出しと称して姿をくらませたアンナに電話をかける風真。栗田は我関せずとばかりに社長椅子に腰かけ、ゆらゆらと体を回転させている。火鬼壱殺害事件から三日、事務所は相変わらず閑古鳥が鳴いており、経営が好転する兆しはない。
と、風真が通話を切ると同時に事務所のドアがノックされた。
返事をすると、中に入ってきたのは元依頼人の黄以子である。

「黄以子さん、どうされましたか」

風真は会えた嬉しさ半分、事件で彼女が負った精神的ダメージに対する心配半分といった様子で歩み寄る。

「改めて事件を解決してくださったお礼を言おうと思って。それに料金をお支払いしなくて本当によかったのですか」

栗田は畏まって頷く。

「経費はいただきましたし、火鬼壱さんの身を守れなかったのですから」

「それより、今後はどうされるか決まったんですか」

雇い主の火鬼壱が死んだことで、黄以子は職を失ったはずである。以前大病院の勤務医をドロップアウトした彼女がどういう道を歩むのか心配していた風真だったが、黄以子は意外にも笑みを浮かべた。

「私、地域の訪問医療に関わってみようと思っているんです。病院に通えない事情があったり、自宅での治療を望んだりする方のお役に立ちたいと思って」

「あなたなりに、思うところがあったようですね」

栗田の言葉に黄以子は力強く頷く。

「私の力や現代の医療には限界があります。それでも人の心を救うことはできると、教えてもらいましたから」

その時、外の階段を駆け上がる慌ただしい足音が聞こえ、ノックなしにドアが開かれる。

「ただいまー！　あれ、黄以子さんだあ」

現れたアンナはまるで偶然同級生に出くわしたかのように黄以子に抱きつく。

相変わらずの馴れ馴れしさに呆れた風真は、彼女がお茶の買い出しにしては大きすぎる袋を提げていることに気づく。

「お前、なに買ってきた？」

「これ？　DR.ハオツーの新作、ドリアンバーガー！　もう匂いがすごくて味はよく分からないんだけど、すっごいの。皆の分も買ってきたから、黄以子さんも一緒に食べよう」

「バカ、そんなもん袋から出すなーーっ！」

＊

怒声と笑い声が漏れ聞こえるネメシスの事務所。道路に停車した乗用車からその窓を見上げる男がいた。

「ええ、今事務所にいます。間違いありませんよ」

男は何気なさを装ってスマホで通話をしながら、視線だけは油断なく事務所の窓に注いでいる。そこには時折、追いかけっこのように事務所内を走り回る風真とアンナの頭が覗くのだ。

もし風真や栗田、あるいはアンナが彼の顔を見れば見覚えがあることに気づいただろう。ちょうど黄以子が依頼に訪れた日、妻の浮気調査を頼みに来た青年だった。

「社長の栗田と探偵の風真、それにアンナと呼ばれている事務員の女の三人の事務所のようですね。引き続き監視を続けます」

得体の知れない魔の手が迫りつつあることに、ネメシスの一同はまだ気づいていない。

第二話　美女と爆弾と遊園地

神奈川県横浜市中区伊勢佐木町の、街外れの寂れた一角。一度見ただけでは特徴を覚えられないような、古びた雑居ビルに探偵事務所ネメシスはあった。

通りに面しているガラス窓はせっかく事務所名がでかでかと貼りだされているというのに、大きく開け放たれているために文字が飛び飛びになってしまっている。依頼人のいない間は事務所の照明を消し、こうして陽光を取りこむのが事務所の習慣になっているのである。

そこまでして電気代を節約する理由は、もちろん事務所が金欠状態にあるからだ。

今日も例外ではなく、依頼人のいない室内は春風がブラインドを揺らすカタカタという音と、テレビから流れる無個性なニュースキャスターの声だけで満ちていた。

そんな中、栗田一秋(かずあき)はまるで君主に忠誠を誓う騎士のような、片膝(かたひざ)を立てた姿勢のまま身じろぎ一つしない。かつて警察内にも名を知らしめた探偵であり、現在はネメシスの社長を務めている彼は往年の鋭い視線を床に落としている。

視線の先にはフードボウルに鼻先を突っこむ一頭の秋田犬。白い豊かな毛並みの老犬である。

栗田は一本の毛髪すら見逃さぬ集中力を以て、愛犬マーロウの観察を続ける。

息づかい、毛並みの艶、鼻の湿り具合。いつもと変わらず愛らしい。二度ほどボウルから顔を上げてこちらを見たのは、なにか食べづらさを感じてのことだろうか？　もう少し餌をほぐして盛りつけるべきだったか……。だがそんな仕草も愛らしい……。

その視線をマーロウが迷惑がっていることに、栗田は気づいていない。

と、

「あっ、ほら見て俺が映りましたよ今！　社長見ました？　社長？」

テレビにかじりついていた風真が声を上げた。名実ともに事務所のメイン探偵である彼は、綺麗に手入れされたスーツを身に着け顔もなかなかに整った男前で、子供のように無邪気な笑みを浮かべた表情はやや幼い印象を与えるが、その実すでに四十を超える立派なおっさんだ。

「馬鹿たれ、大声を出すな！　マーロウが食べてる途中だろうが！」

栗田の大声に、マーロウが後ずさり「クゥン」と不満げに鼻を鳴らした。

テレビには見覚えのある建物がアップで映され、『殺人きっかけ　オレオレ詐欺グループ摘発』という見出しが躍っている。つい先日風真が関わった事件だ。この間の『磯子のドンファン殺人事件』に続き難事件の解決に一役買ったことで、探偵事務所ネメシスと風真の知名度は飛躍的に高まりつつあった。さすがに公のニュースで取り上げられはしないが、いくつかの週刊誌やスポーツ新聞の記者が取材に来たこともある。

「やっとうちも軌道に乗り始めましたね！」

「なにをのんきに言ってやがる。この通り今日も閑古鳥が鳴いてるじゃないか」

「世間が平和な証拠ですよ」

「平和なもんか、ほれ」

栗田が顎をしゃくった先で画面が切り替わり、ニュースキャスターの女性の表情が厳しさを増した。

『昨夜の二十三時ごろ新宿区で起きた爆発に関し、〝ボマー〟を名乗る人物からの犯行声明がありました。同様の声明があった爆破事件はこれで五件目となります。警察はこれらの事件が同一人物の犯行によるものと見て捜査を進めています』

〝ボマー〟。昨年から世間を騒がせている連続爆弾魔である。関与を疑われる五つの事件ですでに三人の死者を出しており、爆破後には警察宛（あて）に犯行声明の手紙を送りつけるのが特徴だ。

世間が〝ボマー〟に注目する理由は犯行の凶悪さだけでなく、その標的が皆後ろ暗い事情を抱える、いわゆるグレーな人物ばかりだからだ。

賄賂を駆使し選挙で勝利した疑惑のある政治家。何件もの売春事件をもみ消してきたという噂の大御所芸能人。立て続けに社員が自殺していながら、証拠不十分で責任を免れていた大手商社社長、などなど。様々な媒体で批判の声が上がっていながら、いまだ決定的な証拠がなく法の裁きを受けていない人物たちである。

彼らが爆破の標的にされたことで溜飲を下げた国民が多いのは事実で、ネットでは〝ボマー〟を支持する声すら上がっていることに警察は頭を悩ませているようだ。

「警察の知人が言っていたが、爆弾の出来を見ても〝ボマー〟はかなり優秀な人間らしい。世の中、知識や技術を誤った方向に使う人間もいるってこった。有名になるのはいいが、こういう輩を敵に回す可能性もあることを忘れるな」

「任せてくださいよ。どんな凶悪犯が相手だろうと、恐れることなどありません。なぜならこの風真尚希こそ、時代に名を残す名探偵――」

「たっだいまぁーーー！」

風真の台詞を途中で遮り、一つの人影が台風のごとく扉から飛びこんできた。

美神（みかみ）アンナ。ここの事務員として働く少女である。とはいえその格好はビビッドカラーのTシャツの上にスカジャン、そして色落ちジーンズとちっとも事務作業向きではない。

彼女がここで雇われることになった理由は色々あるのだが、今のところ事務所の中での仕事がほぼないのでどんな格好でも不都合が生じない。

ちなみに今も日用品の買い出しに行ってもらっていたのだが、彼女の手にはなぜか行きつけの飲食店の紙袋が抱えられている。

「また寄り道してきたのか」

「怒らないでくださいよー。今日はリンリンのところでいいものをもらってきたんだから」

「季節限定のヘンテコメニューだったら食わないぞ。俺の味覚はあの娘と決定的な断絶があるんだ」

「違いますよ。ジャーーン！」

効果音と共にアンナがポケットから取り出したのは、紙幣よりも少し小さなサイズの紙切れ。なにかのチケットのようである。

「シーユートピアの一日フリーパスでーす！　今度リンリンのお店がフードコートに出店することになったんですって。特別にチケットをもらっちゃった！」

「シーユートピアって、あのでっかい遊園地だろ。本当かよ」

風真はこれまでに幾度となくアンナに強く勧められたリンリンの店を思い浮かべる。DR.ハオツーというその店は中華飯店の装いかと思いきや、和洋折衷空前絶後のメニューを開発する得体の知れない店だ。噂では商品を口にした客がぶっ倒れて保健所の調査が入ったこともあるそうだが、いまだ潰れずにごく一部の客から熱烈な人気なのが風真は不思議でならない。

あんなものを一般人のひしめくフードコートで提供しようとは、シーユートピアの担当者の正気を疑いたくなった。

「ただ、チケットの期限が来週までなんですよ。だから今度の日曜日、みんなで行きましょう！」

「事務所を休みにするわけにはいかないだろ」

「大丈夫ですよ。今も休みみたいなもんじゃないですか」

アンナに加勢するかのようなタイミングで、ご飯を食べ終えたマーロウが「ばう！」と鳴いた。

「悪いが日曜は無理だ。ママと一緒に歌舞伎(かぶき)を観に行くことになっている」

マーロウの毛並みを撫でながら栗田が言った。伊達男の彼はことあるごとに行きつけのクラブのママと遊びに出るのだ。探偵として第一線を退いたのも、実は遊びに興じる時間を作りたかったからではないかと風真は睨んでいる。

「仕方ないですね。じゃあ風真さんと二人で行ってきます」

「やだね。俺は事務所に残る」

「えぇー。たまには休みましょうよ」

今も休みみたいなもんだと言ったのは誰だ、と風真は鼻白む。

「遊園地ではしゃぐ歳じゃないんだよ。友達でも誘って行けばいいだろ」

「友達がいないから風真さんなんかを誘ってるんじゃないですか、意地悪！」

頬を膨らませるアンナだったが、二人のやりとりを聞いていた栗田はくつくつと笑った。

「アンナ。どれだけ誘っても無駄だと思うぞ」

「なんでですか」

「どんな凶悪犯罪にも立ち向かう名探偵風真だが、一つだけ恐いものがあるからだよ」

「恐いもの？」

アンナが首を傾げる。慌てた風真が「ちょっと！」と口を挟むより、栗田の告げ口の方が早かった。

「絶叫マシンだよ。ジェットコースターとか回転ブランコとか、そういうやつ」

「そうなんですか⁉　ダサッ」

アンナの目に憐憫と挑発の色が浮かぶ。

「恐くなんかないぞ」

「そうですかー。名探偵も人間ですもん、恐いものくらいありますよ。これから遊園地で事件が起きないといいですね」

「全然平気だ！」

「無理しなくていいですって風真さん。私、やっぱり友達を作って行ってきますから」

「お前、信じてないだろ！　いいよ行ってやろうじゃんか。上等だよシーユートピア！」

こうして今日も探偵事務所ネメシスに依頼はなく、週末に遊ぶ予定だけが決まった。

休日の遊園地はさぞかし賑わっているだろうとは予想していたが、シーユートピアの人出は風真らが予想しているよりもはるかに多かった。

調べたところによるとシーユートピアはディズニーランドやＵＳＪのような巨大テーマパークには及ばないものの、遊園地の枠では全国でも一、二を争う人気スポットで年間の来場客数は百万人を超える。

「ああ、とうとうこの日が来てしまった……」

「なにか言いました、風真さん？」

足取りの重たい風真の呟きは前を行くアンナの耳には入らなかったらしい。

二人が園を訪れたのはすでに昼近い時間だったが、子連れの家族、恋人同士、あるいは友人らしき若者たちがひっきりなしに入場ゲートへと吸いこまれている。

その理由は駐車場からここに来るまで頻繁に目にしたポスターで知ることができた。

「季節限定のイベント中だそうです。プレゼント交換イベントですって。先週から二週間、今日が最終日らしいです」

「それで人が多いのか」

「ついてましたね」

風真は内心で強く同意する。客が多ければ、それだけアトラクションの待ち時間は長くなるだろう。人気の絶叫マシンならなおさらだ。待つのは嫌だとか、人混み（ひとご）に酔っただとか、なんとか理由をつけて絶叫マシンだけは回避しなければ。探偵の威信にかけて今後アンナにからかわれ続けるネタを作るわけにはいかない。

「じゃあ、最初はどれに乗りましょうか」

入場ゲートをくぐるなり、目を輝かせて園内を見渡すアンナを風真は慌てて抑えた。

「まずはチケットをくれたリンリンに挨拶するのが筋じゃないか？」

「あ、確かに。私としたことが浮かれてたみたいです。ええと、フードコートはあっちですね！」

風真はほっと胸をなで下ろす。

この調子ですべての危機を躱してみせる。名探偵の名に懸けて！

だがこの時、名探偵風真は気づいていなかった。

二人の姿を物陰からじっと見つめる視線の存在に。

「――間違いない。ネメシスの探偵だ。まさかこんな場所でまみえることになるとは……。おい、例の物を用意しておけ」

広大なシーユートピアの敷地のちょうど半ばに位置するフードコートは、半分が屋内、残りの半分が屋外のテラス形式のテーブルになっており、リンリンが出店しているのは屋外のキッチンカーだった。

「おー、アンナ！　来てくれたかー」

「あれ、リュウさんは？」

「店長は本店の方ね。ここは私が任されてるよ」

アンナがチケットのお礼とともに客足の具合を訊ねると、リンリンは眉を漫画のように八の字に垂れさせ、ため息をつく。

「それがイマイチお客が来てくれないね。書き入れ時だっていうのに、この調子じゃ採算取れないヨ」

「ええっ。どの商品もすごくおいしいのに、なんでだろう」

心底不思議そうに首を捻る二人を、風真は心底不思議な目で眺める。

キッチンカーに立てかけられた看板に載っているメニューは、提供にかかる時間やキッチンスペースなどを考慮してリンリンが厳選したものだろう。

だが四川風アンチョビ丼に始まり、生タピオカたこ焼き、モンブランバーガー《極》など、馴染みのない単語の羅列が客足を遠のかせているのは疑いようがない。

事実、こうしている間にも数組の客が少し離れた場所から恐ろし気にこちらを眺め、

「なにあれ。食べ……もの?」

「やばい。チャレンジする勇気が湧かない……」

と、スマホでメニューの写真を撮るに止めている。

リンリンは力なく笑う。

「アンナが売り子をしてくれたらなんとかなるかもしれないネー」

「それはパス。でもモンブランバーガーは買うよ」

と、財布を取り出したその時。

「すみません。生タピオカたこ焼きもらえますか」

軽やかで、それでいて落ち着いた声音が響く。

風真のみならず、リンリンとアンナも驚いて声の方を振り返った。

意外なことに声の主は一人の女子、しかも相当な美人である。

「おおー！　朋美（ともみ）じゃないの！　来てくれて嬉しいヨ！」

リンリンが喜色を浮かべた。

「アンナは会ったことないネ？　少し前からうちの店に来てくれるようになった常連さんヨ」

「初めまして、四葉（よつば）朋美です」

朋美と呼ばれた女性は美しい姿勢で頭を下げた。歳こそアンナと同じくらいだが、いかにも仕立ての良い（い）春色のブラウスといい、流れ落ちるようなシルエットのスカートといい、全身から醸し出される雰囲気は真反対と言っていい。印象的なのはびっくりするほどの小顔の中でも存在感を放つアーモンド型の瞳だ。知的さとともに庇護（ひご）欲を掻（か）き立（た）てるような愛らしさも宿すそのルックスは、このままファッション誌の表紙でも飾れそうだ。

歳の離れた風真ですら一瞬気後れしてしまう美人を前にしても、アンナは平常通りだ。

「私、美神アンナです」

「風真尚希です」

二人の自己紹介を聞いた美女の目が丸く見開かれた。

「風真……？　もしかして最近話題になっている名探偵さんですか」

今日は完全にアンナのお守りモードだった風真だが、名探偵と呼ばれたことで背筋を伸ばし、声帯を引き締めて応じた。

「おやお嬢さん、ご存じでいらっしゃいましたか。いかにも私が探偵事務所ネメシスの名・探・偵、風真です」

「すごい、こんなところで会えるなんて！　握手してもらってもいいですか」

「構いませんとも。写真も大丈夫ですよ。おいアンナ、頼む」

「風真さん調子乗りすぎ！」

文句を垂れつつも朋美のスマホを受け取り、写真を撮るアンナ。朋美は、わずかな距離を保ちつつも風真の方に上半身を傾け、まるでアイドル歌手を前にしたファンのようで微笑ましい。

そんなことをしているうちにリンリンが調理を終えていた。

「はい、お待ち。これモンブランバーガー《極》、こっちは生タピオカたこ焼きね」

「風真さん、ちょっと食べます？」

アンナがモンブランバーガーなる物体を差し出す。バンズの隙間から溢れているのは原形を失ったモンブラン。ジャンクな油に混じって漂ってくる甘ったるい匂いに風真は思わず仰け反った。

「いい。全部自分で食え」

「じゃあ遠慮なく。うわっ、なにこれ美味しい気がする！」

隣で朋美も目を輝かせている。

「ですよね。うまく言えないけど、グルメの向こう側を見ている気分です」

「分かる！　味わっているうちに料理と自分が一体化していくような……」

「美神さん、生タピオカたこ焼きも一口どうですか？」

「いいの、ありがとう。こっちもあげる！」

そんな二人の様子を風真は恐ろしげに眺める。

この子たちの感覚がまったく理解できん。これが歳を取るということだろうか。

だが和気藹々と奇怪な食べ物を分け合う二人を見ているうちに、ある名案が浮かんだ。

外見は真反対の二人だが、思いの外気が合うらしい。アンナにとっても同年代の友人ができる機会だし、危機を脱するにはこれに乗じるしかない。

「四葉さん、他にお連れさんはいるの？」

「いえ、実は約束していた知人が来れなくなってしまって、せめてリンリンさんのお店にだけ顔を出そうと思ってきたんです」

「だったらアンナと一緒に遊んでくれないかな」

二人は初めてその考えに至ったのか、びっくりしたように顔を見合わせた。

先に頷いたのはアンナだ。

「そうしようよ！　これもなにかの縁だし」

「でも、風真さんは」

「若者の邪魔にならないよう、そのへんで暇を潰しておくよ」

風真はあたかも話の分かる大人のような態度を演じる。それでも朋美は名残惜しそうにしていたが、

「いいんだよ四葉さん。風真さんは絶叫マシンに乗りたくないだけなんだから」

とアンナが風真の目論見を暴露する。

「そうなんですか？」

「違う！」

「はいはい。行こう四葉さん。じゃあね風真さん！」

風真の反論を無視し、アンナはさっさと朋美の手を引いて去って行く。悔しいようなほっとしたような、微妙な心持ちのまま風真もリンリンに別れを告げその場を後にした。

いざ一人になってしまうと、所在なくなってしまうのが遊園地という場所だ。

アンナと一緒にいる時は気にならなかったが、急に自分の周りにぽつんと空白の空間ができたかのよう。周囲を見回すと、噴水の前で愛嬌を振りまいていた園のマスコットらしきワニとアシカの着ぐるみと目が合うが、「独り者のおっさんに用はない」とばかりにすいと視線を逸らされてしまった。

「なんだよ、愛想ないな」

愚痴をこぼし、とりあえず園内を一回りしてみようと歩き出した。

が、そう進まないうちに背後でなにかの気配を感じる。

振り向いてみると、先ほど目が合ったワニとアシカが風真の五メートルほど後ろに立っていて、なにをするでもなく宙を見上げている。

なんとなく気味悪く思って歩き出したが、やはり着ぐるみたちは後を付いてくる。歩くスピードを上げれば、ワニとアシカもぎこちない動きで食らいついてきた。

むきになって歩いているうち、気がつけば風真は建物と建物の間の、人気(ひとけ)の少ない空間に迷い込んでいた。

振り向くと、手を伸ばせば届きそうな距離にまで二体の着ぐるみが迫っている。

「な、なにか用？」

ワニとアシカは無言だ。外見こそファンシーだが、着ぐるみの体長は風真より高く、なかなかの威圧感がある。プラスチック製の真っ黒な瞳からはなんの感情も読み取れず、風真は思わず一歩後ずさった。

と、ワニが握手を求めるように右手を差し出してくる。

「あ、どうも」

手を握り返した瞬間。

ワニに強く引き寄せられ、後ろからはアシカに羽交い締めにされてあっという間に人目に付かない物陰に引きずり込まれる。

「なになに？　ちょっと待って、助けて！」

パニックになった風真は口を塞がれながら必死に叫んだ。

「いいから落ち着け、探偵」

ワニの着ぐるみから聞こえた声に抵抗をやめる。どうして探偵だと知っているのか？

「俺たちだよ。どうしてこんなところでお前に会うかね」

着ぐるみの頭部が外れ、その下から現れたのはなんと顔なじみの刑事であるタカこと千曲鷹弘、ユージこと四万十勇次の二人だった。

「どうしてお二人が着ぐるみに？　ひょっとして警察をクビになったんですか」

「んなわけあるか！」

とぼけた質問を一蹴すると、タカは低い声で告げた。

「潜伏捜査中なんだよ」

「捜査って、なんの」

聞き返した風真を、刑事二人とワニとアシカの頭部が取り囲む。

「──爆弾だよ。この園内のどこかに仕掛けられているんだ」

アンナと朋美は、アトラクションを楽しむ前にシーユートピアのグッズが並ぶショップを訪れていた。今日まで園内で開催されている、『プレゼント交換イベント』に参加するためだ。アンナは概要をよく知らなかったが、朋美が説明してくれた。

「参加希望者は、まずショップでプレゼントパケットを買うの。福袋みたいなもので、色んなグッズがランダムに入ってるんだって」

「福袋って？」

朋美は少し驚いた様子だったが、アンナが海外暮らしが長かったことを打ち明けると快く教えてくれる。

「いくつかの商品が入った、お得な袋だよ。お正月なんかによく売られるの。たいていは中身が見えないようになってて、開けるまでのお楽しみなの」

このパケットも赤い紙袋で、シールで簡単に封じられた口の隙間から可愛らしくラッピングされた商品が四つか五つ入っているのが見える。パケットの値段は千円なので、一つずつ買い集めるよりもかなりお得になっているのだろう。

「ただそれだけじゃなくて、今回のイベントでは他のお客さんが持ってるパケットと交換していくの」

パケットを会計台に持って行くと、店員から小さなスタンプとカードを渡された。スタンプは園のマスコットキャラクターの絵柄が彫られたもので、絵柄は数十種類もあるらしい。

「このスタンプは？」

「パケットを交換する時に、お互いのカードにスタンプを押し合う。そうして交換を繰り返し十種類のスタンプが溜まったら、退園の時にスペシャル特典がもらえるの。それまでパケットは開けちゃ駄目。中身はイベントが終わってからのお楽しみってわけ」

朋美はそう言うと早速アンナとパケットを交換し、互いのスタンプを交わした。あと九回これを繰り返せばいいわけだ。

「なるほど、うまくできてるね。友人同士で交換を繰り返しても、同じスタンプだから意味がないんだ」

ズルができないよう、うまく考えられているイベントだとアンナは感心する。

「スタンプは閉園までに集めればいいから。とりあえずなにか乗ろうか、美神さん」

「うん。でもその前に一つ」

「え？」

「私のことはアンナって呼んで」

「アンナちゃんか——じゃあ私も朋美で」

二人は頷き合い、笑みを浮かべる。

「《暴龍》に行こうよ！　楽しみにしてたの！」

「うん！」

すっかり打ち解けた二人は紙袋を提げていない方の手を繋ぎ、シーユートピアの目玉でもあるジェットコースターを目指す。その歩みはだんだんと早歩き、そしてさらに小走りになり、無性に可笑しくなった二人は笑い声を上げた。

＊

タカとユージによって風真が連れて行かれたのは警備員の詰め所の一つで、警察官や園の関係者らしき人々がいた。その中には以前事件で顔見知りとなった小山川薫刑事の姿もある。

壁には十を超えるモニターがあり、皆はそこに映し出された監視カメラの映像に厳しい視線を注いでいるのだった。

その張り詰めた空気に、爆弾騒ぎがただの悪戯ではないのだと風真は確信する。

と、一人の若手刑事がこちらを振り向き、怪訝な顔で風真を見た。

「タカさん、誰ですかそいつは」

「ネメシスっつー事務所の探偵だ。磯子のドンファン殺人事件や、先日の振り込め詐欺集団の一斉検挙で協力してもらった男だ」

それを聞いた一同の間に静かな動揺が走った。風真らがそれらの事件に於いて解決に重要な役回りを果たしたことは、警察内でも無視できない出来事なのだろう。

「お初にお目にかかります。この俺こそ、事件の闇を知性の光で照らす探偵、風――」

早速名乗りを上げようとした風真だったが、不満そうな若手刑事の声によって遮られた。

「タカさん、こんな部外者を関わらせるなんてどういうつもりですか」

「責任は俺が取る。今は一人でも戦力が必要だろうがよ！」

タカの剣幕に相手は渋々だが引き下がる。

風真は改めて訊ねた。

「爆弾が仕掛けられたと言うのは、もしかして……」

「ああ。例の〝ボマー〟だ」

ユージが苦々しげに口にする。多くの死傷者を出しながら未だに正体を掴めない爆弾魔。警察にとっては威信にかけて捕まえなければならない宿敵だ。

「早く客を避難させなくていいんですか」

「まあ説明するから聞けよ。今日の開園直後、園の経営責任者である前園氏の自宅にボマーを名乗る男から電話があったんだ。ボマー曰くシーユートピアに複数の爆弾が仕掛けてあり、遠隔操作で爆発させられるんだと。客の命が惜しければ、身代金として三億円を用意しろと言ってきやがった。あと三十分ほどで二度目の電話がかかってくることになっている」

「客を避難させようとすれば即爆発。もちろん警察には報せるなと釘を刺されたそうだ。ボマーが園内を監視している可能性もある。奴はすでに五件もの爆破事件を起こしているんだ。もし警察官がいることがバレれば、一万人近い客の命が危険に晒される」

刑事たちが口々に説明する。タカたちが着ぐるみを着ていたのはボマーの目を欺くためだったのだ。

「爆弾はまだ見つかっていないんですか」

「ああ。見つかったとしても客がいる中で処理するのは困難だし、全部でいくつあるのかも分からん。なんとか前園を説得して金をかき集めてもらっているところだが……」

その時、詰め所の扉が乱暴に開いた。

警察官に先導されて入ってきたのは、六十前後と思われる大柄な男性だ。太い眉、弛んだ頬肉、そして分厚い唇と、全体的にぼてっとした印象の男で、この危機的な状況には不釣り合いな高級スーツに身を包んでいる。

「おい、爆弾魔はまだ捕まらんのか。こちらが危険をおして通報してやったというのに、警察はいったいなにをチンタラやっとるんだ！」

挨拶もしないうちに大声でがなり立てる。

どうやら彼がシーユートピアの経営者の前園らしい。だがその横柄な物言いに、風真は釈然としない気持ちになった。

「ボマーから指示があるまで捜査員は下手に動けません。それよりもお金は用意してくださいましたか」

「馬鹿言え。三億などという金、すぐに用意できるわけないだろう。せいぜい一億が限界だ」

「本当にそうですか？」

前に出たのは、先ほど風真に不満の目を向けた若手の刑事だった。

「なにが言いたい」

「あなたには人知れず大金を隠しているのではないかという報道が流れたことがありましたよね。確か週刊現代でしたか。警察からも話を伺おうとお声がけがあったはずですが、なぜかお断りになった」

まるで獲物を逃がすまいとするかのような鋭い視線を受け、前園はややたじろいだが、横柄な態度は崩さないままタカに文句をつけた。

「おい、なんだこの若造は。証拠もなしに善良な市民を疑うなぞ、立場を弁(わきま)えているのか」

「なにを……」

反駁（はんばく）しようとする若手刑事を「よせ、河北（かわきた）！」とユージが押しとどめる。

「――失礼しました。しかし相手はボマーです。交渉に応じる態度を見せなければ、本当に爆弾を起爆しかねない。そうなればシーユートピアは最悪の痛手を被（こうむ）ることになりますよ」

「むう……」

前園はまだ渋っている。どうやら彼は客の安全よりも、己の商売の損得に頭を支配されている、相当に強突く張り（ごうつくばり）な人物らしい。

これではボマーを捕まえるどころか、客らの安全を保証できた物ではない。風真はこうしている今も園内で楽しい時間を過ごしているだろうアンナと朋美の姿を思い浮かべる。そして一生懸命働いているリンリンのことも。彼女らを守るためにも、なんとか前園が警察に協力するよう仕向けなければ。

そこで別の方向から説得しようと風真は試みる。

「安心してください。こういった事件の場合、もっとも犯人にとって困難で足がつきやすいのは、身代金の受け渡しなんです」

「どういうことだ」

「身代金を確実に受け取るには、日時と場所をできるだけ明確に伝えなければなりません。しかし当然ながら明確になるほど警察も犯人を待ち構えやすくなる。身代金狙い（ねらい）の犯罪は、警察に通報された時点で失敗したようなものです。事実、日本の犯罪史上で無事に身代金を受け取って逃げおおせた犯人は一人もいません」

ユージも頷く。

「その通り。しかも今回、ボマーは三億円もの現金を要求してきました。ケース三つ分の大荷物を誰にも見咎（みとが）められずに受け取るなんて、どう考えても不可能です。三億円さえ用意してもらえれば我々が必ず受け渡し現場を押さえ、シーユートピアを守ります」

代わる代わるの説得が功を奏したのか、前園は苦虫を嚙（か）みつぶしたような表情ながら「今の言葉、忘れるなよ」と低い声で呟くと、現金の準備を決意したのである。

そうしてボマーが指定した午後二時。

前園の携帯電話に非通知の番号から着信があった。

「もしもし」

『ボマーだ。金の用意はできたか』

聞こえてきたのはボイスチェンジャーを使った不快な声だった。

先ほど河北と呼ばれた若手刑事が耳に手を当て、タカと頷きを交わす。スピーカーモードにすると警察が介入していることがバレてしまうので、通話内容は刑事らが付けているイヤホンに飛ばされるよう設定されているのだ。

タカは話を続けるようにと、前園に向かって手ぶりで示した。

「言われた通り、三億円用意したぞ。園内に仕掛けた爆弾を解除しろ」

『それは俺の手に金が渡ってからだ』

「分かった。どうやって渡せばいい」

するとボマーはせせら笑うような声を出した。

『おかしいな。守銭奴のお前がまるで進んで金を渡したいような態度じゃないか。もしかしてもう警察を呼んだのか？』

前園が大きく喉を動かし、息を呑む。

様子を窺う風真や刑事らはそれを見て、

（動揺するな、馬鹿！）

と怒鳴りつけたい衝動に駆られた。

「通報なんて、するわけないだろう」

『どうだかな。少しはこちらの本気も見せておこうか』

「本気？」

『落とし物として、青色のナップザックが届けられているはずだ。あと三十秒でそれを爆発させる』

「なっ！」

プツリ。

特大の緊張を投下して通話が切れると、すぐさま刑事たちの怒号が砲弾のように飛び交い始めた。

「河北、すぐに拾得物の担当係員に連絡を！　青色のナップザックから離れさせろ」

「どう説明するんですか。混乱を防ぐためごく一部のスタッフにしか爆弾のことを知らせていないんですよ」

「なんとかしろ！」

「爆発物処理班は」

「それより客の避難を」

「待て、下手に動くな！　ボマーは警察を揺さぶってあぶり出そうとしているんだ。姿を見られたら、なにをしでかすか分からんぞ」

なんの権限も持たない風真は口を挟むことすらできないまま、人々が慌ただしく動き回るのを見守る。だがそのいずれの行動も効果を生んだとは思えぬまま、人生で最も短く濃密な三十秒が過ぎた。

直後、内線電話で指示を飛ばしていたタカがこちらに「黙れ」というように手を振った。

「……拾得物の保管所で小規模な爆発があったそうです。幸い、青いナップザックの中身と思しき紙吹雪が散乱しただけで、怪我人はいない模様」

「そうか……」

皆がほっと安堵したのも束の間、再び前園の携帯が鳴る。

『こちらの本気は理解できたか？』

「よくもこんな……」

携帯を握る前園の手が屈辱に震える。

『この通り、爆破のタイミングは俺の意のままだ。園内に仕掛けた爆弾の威力は今の比じゃないぞ。もし警察が動けば、俺は躊躇なくスイッチを押す』

おそらく、ボマーはすでに警察が介入していると確信している。その上で動きを封じるために今の騒ぎを起こしたのだ。自分がいかに優位に立っているのかを示し、捜査員らに無力さを突きつけるように。

それでもタカやユージは鋼の忍耐力で冷静さを保ち、前園に指示を出す。

「……分かった。言うとおりにする。どうやって金を渡せばいいのか教えてくれ」

『いい心がけだ。一度しか説明しないから、よく聞くんだな』

風真も聴覚に神経を集中させる。

身代金の受け渡し現場こそ、ボマー本人と接触するチャンスだ。受け子を使われたとしても、身代金の動きを追っていけばいずれボマーに辿り着く。もちろんそれはボマーも承知のはず。リスクを負ってまでどんな手法を提示してくるのか。

しかしボマーが告げたのは、その場にいた誰もが想像したことのない方法だった。

『用意した三億円を百万円ずつ、三百個の束に分けろ。そして一束ずつ菓子用の緑色のラッピングを施して、イベント用に販売しているプレゼントパケットの中に入れるんだ』

捜査員たちの頭に疑問符が浮かぶ。

タカも困惑の表情を浮かべながら、電話に入らないよう小声で言った。

「どういうことだ。それじゃあ色んな客の手に百万円が渡るだけで、ボマーの得にはならねえだろう。まさか今から全部のパケットを買い占める気か?」

そこで顔色を変えたのは、女性刑事の小山川だった。彼女は顔を寄せながら鋭く、早口で囁く。

「イベントは確かパケットを客同士で交換していくシステムだったはずです」

「それがどうした」

「何度も交換が繰り返されれば、百万円の束が誰の手に渡ったのか追跡するのは困難です。パケットの中身は最後まで見てはいけないルールのため、客は園を出るまで百万円の存在に気づきません。こっそり百万円を抜き取ることができるのは、ボマーだけです」

風真の頭をイメージが巡る。

パケットに忍びこませ、園内にばら撒かれた百万円の札束。ボマーは園内の客と交換を繰り返しながら、手元に回ってきたパケットの中から百万円の束を地道に回収する。三億すべてを手に入れることはできないが、一千万、いやその何倍もの金額を集めることは可能かもしれない。

徐々に手口の巧妙さを理解し始めた風真らをあざ笑うように、携帯からボマーの声が響く。

『おっと。言い忘れていたが、すでにこちらでいくつかの小型爆弾をパケットに仕込んで、来場客と交換していてな。もし警察が関与していると分かったら、綺麗な花火が打ち上がることになるよ。せいぜい気をつけな』

通話が切れ、前園は助けを求めるような顔で捜査員たちを振り返る。だがタカは感情を押し殺して告げた。

「今すぐ百万円ずつの札束に分けて、プレゼントパケットに仕込むんだ」

「ボマーの言いなりになるのか！」

「時間がありません。園内に仕掛けられた爆弾だけじゃなく、来場客の誰が小型爆弾を持っているかも分からないんだ。これまでの手口を見ても、ボマーは人命に頓着するような性格じゃない。とにかく今は奴に従うしかないでしょう」

「……くそっ、札束一つでもなくなってみろ。警察に賠償してもらうからな」

前園の言い草に、もはや怒りを通り越して白けた空気すら漂うが、ともかく捜査員たちは動き出した。すぐさま要求にあった緑色の包装紙とプレゼントパケットが用意され、百万円の札束がどんどん入れられてゆく。

「園内に潜入している捜査員に伝えろ。ボマーは客を装ってパケットの交換を繰り返しながら、札束を回収していくつもりだ。必ず二人一組で行動し、パケットを手に怪しい動きをする人物を見つけたらすぐに無線で報告させろ。集中的にマークし、隙をついて一斉に取り押さえるぞ」

慌ただしく詰め所を出ていく捜査員たち。もちろん風真も協力を申し出る。

「俺にも協力させてください」

「相手は凶悪犯だ。探偵の出る幕じゃない」

そう邪険に言い返したのは最初に突っかかってきた河北だ。警察としての意地があるのかもしれないが、この緊急事態にあっては風真もおいそれと引き下がるわけにはいかない。

「そんなこと言っている場合か。来場客が何千人いると思っている？　捜査員だけで見張るのは無理だ。それに警察官であることがばれたら客の命が危険に晒される。あんたたちは細心の注意を払って行動しなきゃならないはずだ。だったら民間人の俺がいた方が多少なりとも役に立てる」

するとすぐ横からタカとユージも口添えしてくれる。

「その通りだ。捜査員たちも家族連れや恋人同士を演じられる奴は限られている。今は一人でも素人くさい協力者が必要だ」

「そうだ。こいつはどう見ても捜査員には見えねえ」

「なにしろ威厳がない」

「演技だとしたら大したもんだ」

なんだか喜べない言い草だが、捜査に加われるのなら本望だ。

「河北、お前が一緒に行動してやれ」

「俺がどうして探偵のお守りなんか」

「そうしねえと警察と連携が取れないだろ。時間がないんだ、いいから行け！」

河北は渋々ながら風真との同行を受け入れた。

＊

「《スプラッシュ・バイキング》もすごく面白かったね！」

「うん。毎回水中に突っこむんじゃないかって、すごくドキドキした！」

シーユートピアの中でも人気のアトラクションの一つから降りてきたアンナと朋美は、細かな水しぶきを浴びた髪を整えながら笑顔を交わした。これで乗ったアトラクションは三つ。園内はかなりの人出だが、それほど待ち時間もなく楽しめている。

次はどれに乗ろうか、と園のパンフレットを広げたところで声がかけられた。

「あの、よろしかったらパケットの交換、どうですか」

見ると、三十代前後と思しき男女の二人組が、交換用のパケットを手に立っている。ともに眼鏡をかけた温厚そうな顔立ちのカップルだ。

アンナたちは顔を見合わせ、「もちろん」と声を重ねる。

スタンプを押す際に男性のカードを見ると、すでに七つものスタンプが溜まっていた。アンナと朋美のものを合わせると残り一つでイベントクリアだ。一方アンナたちはようやく三つ。時間はまだあるけれど、人出が多い内にある程度済ませておくべきだろうか？考えてみればスタンプが集まると交換の必要がなくなるのだから、だんだんと交換相手が少なくなっていく理屈である。

と、朋美が遠慮がちに口を開いた。

「ごめんねアンナちゃん、乗り物に疲れちゃって。少し休んでもいいかな」

アンナはしまったと悔やんだ。初めての遊園地が楽しすぎて、どうすれば時間を無駄にせずに堪能できるかばかり考えてしまっていた。

「こっちこそ気づかなくてごめん！　どこか座ろうか」

二人は歩きながら休憩できそうな場所を探し、視線を巡らす。しかし折りの悪いことに近くにあるベンチはすべて席が埋まっており、別の場所を探す必要がありそうだった。

パンフレットを広げて休憩できそうな場所を探す朋美を横目に、アンナはもう一度周囲の人々に視線を合わせる。

「……？」

なにかがおかしい。遊園地という場所は、こんなにも手持ちぶさたな状況の人が多いものだろうか？

アトラクションに並ぶでもなく、どこかに向かって歩くでもなく、ベンチに座り、あるいはその場にぼうっと立ち尽くしている人がところどころにいる。

近くにトイレも見当たらないので、連れが用を足すのを待っているわけでもなさそうだ。

加えて、彼らの多くが顔を上げていることが気にかかる。今どきの人は、少しの暇さえあればスマホを手にとってメッセージを確認したり、ゲームをしたりしているものだ。なのに彼らは、まるで無関心という仮面を被ったかのような態度で、しかし隙のない気配を放っている。

まるで、風真が仕事でよくやっている張り込みのようではないか。

ようやく一息付ける休憩場所に辿り着くと、朋美はそっと黒いパンプスから踵(かかと)を抜いて眉をひそめた。

「大丈夫？」

「歩き回るには合ってなかったみたい。ごめんね、今日はこんなに遊ぶ機会があると思ってなかったから、靴を間違えちゃった」

「私こそ楽しむばっかりで、気がつかずにごめん」

アンナは慌てて謝ったが、朋美はより一層申し訳なさそうに俯いてしまった。

「私、昔から色んな大人から過保護に育てられたから、同年代の子たちといるといつもずれたことをしちゃって、うまくいかないの。アンナちゃんももっと回りたいところがあったんじゃない？　ここで待ってるから、行ってきてもいいよ」

弱気な発言をする朋美に驚く。アンナから見た彼女は綺麗で服装も大人っぽくて、アンナの憧れる日本の女学生そのものだったからだ。そんな朋美がアンナと同じような悩みを持っていることが意外であり、また小さな秘密を共有できたような仄かな嬉しさがこみ上げる。これが友達というものか。ならば、自分の気持ちもちゃんと伝えなくては。

「遊園地に来れたこともそうだけど、私は朋美ちゃんが友達になってくれたことが嬉しくてはしゃいじゃったんだよ。誰かと一緒に遊ぶのがこんなにも楽しいなんて、思わなかった」

朋美はそんなアンナをじっと見つめていたが、やがて不思議そうに呟いた。

「アンナちゃん、本当に友達と遊んだことないの？　どうして……」

「あー、親の都合で色んな国を転々としてたからね。最近日本に来たばかりだから、こっちの知り合いが少なくて」

「いつも風真さんたちと一緒じゃないの？」

「そうだけど、風真さんたちは色々と口うるさいし、どちらかというと親戚のおじさんみたいな感じだからねぇ」

腕を組んで眉をひそめるアンナを見て、朋美が吹き出す。

「私たち、似てないようで似てるのかもね」

「言えてる」

「そうだね。……ありがとう、アンナちゃんと友達になれてよかった」

畏まって礼を口にする朋美に戸惑っていると、アンナのポケットでスマホが震えた。見ると風真から短いメッセージが届いている。その内容があまりにも唐突すぎて、アンナは首を傾げる。

『これ以上イベントに参加せず、先に帰れ！』

意味が分からない。彼が暇だから先に帰るというのなら分かるが、帰れとはどういうことなのか。理由を尋ねる返信を送るが、今度はなかなか既読がつかない。

「どうしたの？」

「ううん。うちのおじさんがまた変なこと言い出しただけ」

そうおどけてスカジャンのポケットにスマホを仕舞うと、今度は朋美から提案があった。

「ねえ、あれ乗ろっか。中でゆっくりできそうだし」

振り向くと、海際で悠然と回る大観覧車が見える。もちろんアンナは初体験だ。

「いいね！」

立ち上がった二人は再び手をつなぎ歩き出した。それぞれの余った手ではプレゼントパケットが楽しげに揺れている。

＊

ボマーによる前代未聞の身代金受け渡しの手口は捜査陣の間に瞬く間に広がった。一般客を装いシーユートピアに潜入している捜査員の数はすでに百名を超えている。だがそれほどのマンパワーをもってしても、なかなか解決の糸口は摑めない。

なにせ百万円の入ったパケットは合計三百個。それらが何度も客から客へと交換を繰り返されているのだ。当初は捜査員の目視や監視カメラの映像から百万円の行方を追跡しようとしていたが、そのほとんどが途中で分からなくなってしまった。

だが警察もすぐに次の手を打った。

ボマーは百万円を取り出すために人気のない場所に行くと考え、トイレや人目に付かない物陰を出入りする人物を重点的にマークするよう捜査員を配置し直したのだ。

だが、これもすぐにトラブルが起きた。

ある客がトイレの個室からなかなか出てこないことを怪しんだ捜査員が中の様子を探ろうと張りついていると、それを他の一般客に逆に怪しまれ、変質者として通報されたのだ。その客には極秘に事情を説明してご帰宅願ったが、ボマーにそんな場面を見られていたらどうなっていたか分からない。

時間の経過とともに、捜査員たちは想像以上のストレスに晒されることになった。

なにせシーユートピアにいる数千人の客は、全員が人質でありながら、容疑者でもあるのだ。捜査員らは誰かを見張るだけでなく、誰かから見られていることも意識せねばならず、下手に身動きできないジレンマに囚(とら)われた。

そうこうしている今も、捜査員たちが共有している無線には絶えず報告が上がってくる。

「渡辺(わたなべ)班、マーク中の人物が三度目のトイレに入りました」

「こちら木村班、四つのパケットを所持していたカップルですが、園を出て行ったため追跡を終了します。念のため身元の確認をお願いします」

「すいません！　小町ですが、尾行していた人物は所轄の応援要員でした！」

「馬鹿野郎、なにやってんだ」

頭の痛くなるような内容ばかりだ。あまりにも大人数の人員が投入されているせいで、顔を知らない捜査員同士が挙動不審と疑い合う失敗も度々起きている。

「くそ、こんなことをしている間にもボマーは着々と金を回収しているかもしれないのに」

風真の世話役を押し付けられた河北は苛立たしげに呟いた。二人は友人同士で訪れた客を装い、フランクな私服姿だ。髪の短い河北はイヤホンを隠すため、ニット帽を深く被っている。

二人がいるのは飛行機型の乗り物が上下しながら回転する、幼少向けのアトラクションのすぐ近く。風真ははしゃぐ子供たちを眺める振りをしながら、河北に話しかけた。

「気になっていたんだけど、ボマーの仕業にしちゃ今回の犯行は手が込みすぎていないか。これまでは単に標的を狙って爆弾を仕掛けるだけだったのに、身代金を要求するなんて」

「単に人を襲うのに飽きて金が欲しくなったんでしょう」

「そうだろうか。これまでボマーが狙ったのは多くの問題を引き起こしていながら法的な制裁を免れていた人物だ。だから世間でもボマーを英雄視する声があるくらいだし、ボマー自身も義賊を気取っていた。それがこんな風に罪のない人々が集う遊園地を標的にするなんて、奴の信条に反するんじゃないか」

すると河北はやや感心したような目で風真を見た。

「素人とは言え、それなりに考えてはいるんですね。けど俺はボマーに明確な理由があってこのシーユートピアを狙ったと確信しています」

「どういうこと?」

「シーユートピアは、あの前園という男の主導でもう三年にわたって粉飾決算が行われている疑いがあるんです。利益を計上せずに私腹を肥やしているんですよ」

河北の表情に一瞬怒りが灯る。

「捜査二課は必死の捜査を続け、あと一歩というところまで前園を追い詰めました。しかし前園の隠蔽は徹底していて、任意の聴取に応じないどころか表にすら滅多に姿を現さないのです。その上、前園に協力したと思われる社員が二人、変死までしている。こちらにしてみればどう見てもクロなんですが、どうしても決定的な証拠が揃わない」

詰め所での言動からいけ好かない人物だとは思っていたが、想像した以上にアウトな背景がある男だったらしい。

ボマーはそれらの事情を知っていて、シーユートピアの風評を貶めるために事件を起こしたというのだろうか。だとしても罪のない一般市民を巻きこむ理由にはならないが。

「……ん？　一般市民？」

今し方自分が思い浮かべた言葉に首を傾げる。なにか大事なことを忘れているような。

「あっ、しまった！　アンナと四葉さんが」

「誰です？」

「俺の連れとその友達だよ。どこかで遊んでいるはずなんだ」

身代金やら爆弾やら、これまで経験したことのない重大事件に発展したせいですっかり忘れてしまっていた。二人もきっとプレゼント交換イベントに参加しているはずだ。

他の客の安全と比べるわけではないが、風真が同行していながらアンナが事件に巻きこまれたとあっては、栗田に合わせる顔がない。むしろボマーよりも栗田によって酷い目に遭わされる可能性が高い。

「河北君、スカジャンを着た髪の短い女の子か、淡い青色のブラウスを着た髪の長い女の子の二人組を見なかったか」

「急に言われても……あなたと同じくらいの歳ですか？」

「もっと若い。大学生くらい。二人とも変な食い物が大好きで、片方はやんちゃで世間知らずだ！」

「分かりませんって！」

ある意味詳しすぎる説明に河北が悲鳴を上げる。

風真はスマホを取り出すが、電話をかけようとしてふと思い止まる。アンナになんと説明すればいいのだろう。今まさに園内で爆弾身代金事件が進行中だと知れば、朋美はともかくアンナは首を突っこもうとするに違いない。

仕方なく、イベントに参加せず帰るようにとだけメッセージを入れる。

「……ん？」

その時、風真は近くの自動販売機の横に二つのプレゼントパケットが放置されていることに気づいた。忘れ物だろうか。周囲を見回すが、持ち主らしき人はいない。

（もしかして、ボマーが中身を見た後に置いていったものじゃないのか）

河北はイヤホンから入る報告に集中しているので、風真は一人離れて、パケットの側に屈（かが）み込んだ。もしかするとボマーが仕掛けた爆弾が入っている可能性もある。周囲の客の視線から隠すように背で庇い、袋の隙間から中を覗いた。

一番上に見えたのは緑色の包装紙。ボマーの要求で百万円を包んだものだった。

「なんだ、まだ手つかずのままか」

ほっと息をついた時、背後からグローブのような大きな手に肩を摑まれた。

「え？」

振り返る間もなく視界がひっくりかえり、顔を地面に押し付けられた挙げ句、両腕の関節を完璧に極められる。

「動くなあ！」

「抵抗は止めろ！」

「ようやく捕まえたぞこの野郎！」

死体に群がるハイエナの如く、あちこちから潜入捜査員らしき人影が殺到して風真の自由を封じる。どうやら人目を避けた場所でパケットの中身を確認していたため、ボマーだと勘違いされたらしい。

「あいたたた、違います！　俺はボマーじゃないんですぅ！」

「そのことを知ってるってこたぁ、やっぱりそうじゃねえか！」

「迷惑な野郎だ！」

「こいつめ、こいつめ！」

必死の弁解はますます火に油を注ぐ結果になり、風真の両腕は限界を超えた角度にへし折られそうになる。

と、騒ぎに気づいた河北が慌てて駆けつけてきた。

「皆さん、落ち着いてください！　その人は協力者です。ネメシスっていう事務所の探偵です！」

風真を締め上げていた力がぴたりと止む。

耳元で「……そうなん？」と囁く声が聞こえた。

固まった一同の背中に、周りの一般客の視線が突き刺さるのが分かる。ここまで騒ぎにしておいて、今さらなにごともなかった振る舞いはできない。それどころか、この一部始終をボマーに目撃されている可能性もあるのだ。なんとかして誤魔化さねば。

すると後ろから風真を押さえていた女性捜査員が叫び声を上げた。

「と、盗撮！　この人、盗撮犯なんです！」

周囲の客がざわめく。

「この人、紙袋の中に隠しカメラを仕込んで、私のことを盗撮していました！」

「……おおそうだ！　誰か早く警備員を呼んでくれ！」

「いかんな。うん、盗撮はいかんな！」

彼女の意図を汲んだ他の捜査員らも芝居に乗りはじめたため、風真は泣く泣くその役どころを受け入れるしかなかった。

「……盗撮しました。ごめんなさい。出来心だったんです……」

＊

観覧車に向かって歩いていたアンナと朋美は、遠くでなにやら人が集まって騒いでいるのを見かけた。大道芸でもやっているのかと思ったが、目立つ場所ではないし、雰囲気もどこか物々しい。

「なにかな？」

「さあ……」

人々がちょうど人垣のようになっているため、輪の中心でなにが起きているのかは見えない。ちょうどそちらの方から歩いてきた家族連れがいたので会話に耳を澄ませると、

「盗撮だなんて信じられないね。遊園地まで来て、ろくでもない奴がいるもんだ」

「子供から目を離しちゃ駄目ね。犯人の男の顔を見た？　人の良さそうな顔してたのに、むっつりスケベなのよきっと」

「ママー、とうさつってなに？」

アンナは憤慨する。こんなに楽しい場所で盗撮だなんて馬鹿じゃなかろうか。そんな奴は一生牢屋の中にいればいいのだ。

そうこうしているうちに観覧車が見えてきた。待機列には二十人ほど並んでいるが、回ってくるゴンドラに次々と乗りこむのでさほど時間はかからないだろう。

「わあ、高いね」

朋美が観覧車を見上げて感心したように言う。真下から見上げるといっそう巨大で、楽しげな雰囲気よりも威圧感すら漂ってくる気がする。

「アンナちゃん、高いところは大丈夫？」

「飛行機は大丈夫だったけど、こういう建物から見下ろすのは初めてかも」

「自分の真下が見えるのも怖いよね。……あ、すいませーん」

朋美が列を整理していた女性のスタッフに声をかける。

「これって一周何分かかりますか？」

「えっと、少々お待ちくださいね」

女性はゴンドラの乗降の案内をしていた別の男性スタッフの元に駆けていった。観覧車のスタッフのくせにそんなことを知らないのか、と横で見ているアンナは不思議に思う。

女性はすぐに戻ってきた。

「お待たせしました。約十五分です」

「ありがとう」

「いえ、すみません。新人なもので」

それを聞いた朋美が不思議そうに女性を眺める。その間も列が進み、少し前の客との間に距離ができている。

「朋美ちゃん？」

「あ……ごめん」

朋美はまだ納得いかなそうだ。先ほどの女性スタッフの対応が不満だったのだろうか。そんな短気な性格には思えないけれど。

それから五分もしないうちに二人の番がやってきた。わずかな緊張感とともに二人は前に進む。

「ゆっくりで大丈夫ですよー。奥の席から座ってくださーい」

乗りこむ寸前、乗降係の男性スタッフに朋美が訊ねた。

「列のところにいるスタッフの方は、新人さんなんですか？」

急な質問に乗降係は戸惑ったようだが、朋美の方を見ながらはっきりと答えた。

「ええ……最近入ったばかりで。どうぞ足元を見ながら気をつけて乗ってください」

二人を乗せたゴンドラはしばし、左右に分かれて座った重さを確かめるように揺れていたが、やがてしゃんと安定して上昇を始めた。まだ窓の外は大した景色もなく、アンナはなにを話題に喋ったらいいのか決めかねる。というのも、先ほどから朋美が浮かぬ表情を浮かべていることが気になったからだ。きっかけがあるとしたらやはり観覧車の所要時間を訊ねた時だ。ひょっとして自分が気づいていないだけで、なにかあったのだろうか。

アンナが内心焦って理由を考えていると、不意に朋美の声が聞こえた。

「あの人たち、嘘をついてる」

その怯(おび)えた声音に、アンナは顔を上げる。

「やっぱり女の人はスタッフじゃなかったんだ。でもそれはいい。不思議なのは、乗り場の男性スタッフさんも私たちを騙そうとしてること。いったいどうして……」

そこで朋美はアンナの視線に気づいたのか、ばつが悪そうに目を伏せる。

「ごめんね、急にこんなこと言い出して」

「ううん。気にしてないけど、どうして」

「あのね。私の家は会社を経営していることもあって親がすごく教育熱心で、昔から同年代の子供たちよりも大人たちに囲まれて過ごす時間が長かったの。さっき友達ができないって話したけど、原因はうちのエリート志向の教育方針にもあったと思う」

息を継ぐ間を惜しむように話す様子は、辛い記憶に触れる時間をできるだけ短くしようとしている風でもあった。

「周りの人たちは色んなことを教えてくれたし、私が望むことはなんでも叶(かな)えてくれた。だから最初のうちは会うすべての人が優しくて、私を愛してくれているように思えた。でも成長するにつれて、表面上は温厚に見える大人たちも、内側では様々なことを考えていることが分かってきたの。嫉妬(しっと)、悪意、奸計(かんけい)、情欲……。私は私である以上に、優秀な実業家である両親の子供だったから、余計にね。でも私には付き合う人を選ぶ権利なんてなかった」

朋美の口から語られるのは、たった一人の父親とともに世界を巡ってきたアンナとはまるで異なる人生だった。アンナも詐欺師やマフィアと対峙(たいじ)したことはあるが、接点は旅の中のほんの一瞬でしかない。心を許せない大人たちに囲まれた環境での生活は、一人の女の子にとってどんなに辛いものだっただろう。

「そんな人たちとの付き合いを積み重ねるうちにね、一つの特技が身についたの」

「特技？」

「そう。人の嘘を見抜く特技。自分でも気づかないうちに、『あ、この人はなにか隠してるな』とか『今の言葉は嘘だな』って分かるようになったの。最初はただの直感が当たったとしか考えていなかったけど、心理学を勉強してみると無意識のうちに人の目の動きや仕草、声の微妙な変化を分析しているんだって気づいた」

アンナはこれまでにベテランの探偵である栗田が人の嘘を見抜くのを何度も目にしたことがある。だがそれはあくまでも事件関係者が〝なにか隠しているであろう〟と目星をつけて話をするからであって、何気ない会話の嘘をいきなり見抜くのははるかに困難なことだ。

だが朋美はその能力を恥じるかのようにアンナに詫びる。

「こんなこと言われて、嫌だよね。私も昔は人の嘘を見抜くことは悪い人から身を守るのに必要なんだって考えてた。でも、相手だって自分を守ったり、人付き合いのために嘘をつくことだってあるんだよね。私はそれに気づかずに嘘を指摘して、いくつもの人間関係を歪めてしまった」

朋美の能力は、嘘をつく人の弱さをそのまま映し出す鏡だった。どんな善人であろうとも小さな誤魔化しに頼ることはある。だがそれは見抜かれてしまえば確かに嘘なのだ。朋美の側にいれば遠からず自分は〝嘘つき〟だと突きつけられることになる。それに気づいた時、周りにいた人は朋美を怖れて離れていったという。

「だから、アンナちゃんが友達になれて嬉しいって言ってくれた時、私も本当に嬉しかったの。心の底からそう言ってくれていることが分かったから。私にとってもアンナちゃんは大事な友達。だからこそ、黙っていられないの。この遊園地はなにかおかしいよ」

朋美の膝の上で、小さく握られた拳が細かく震えている。アンナがそれを両手でそっと包み込むと、朋美が目を見開いた。

「今の話、信じるよ。朋美ちゃんが怖いとも思わない。それにこの遊園地がなんだかおかしいっていうのは、私も気づいてた」

今度は朋美が驚く番だった。アンナはこれまでに気づいた来場客たちの不審点から、彼らがなにかを探している、あるいは見張っている可能性が高いことを話して聞かせる。

「最初はなにか目的のある人たちが客として潜りこんでるのかと思った。でも朋美ちゃんの話と合わせると、それにスタッフまで加わっていることになる」

「そういえば、風真さんからも帰るようにメッセージが来てたよね。なにか関係あるのかな」

言われてアンナはもう一度メッセージの文言を確認する。改めて読み返すと、なにか大きな危険から遠ざけようとしているようにも思える。

もう一度風真に電話をかけてみることにした。数度のコール音の後、今度はちゃんと繋がった。

『アンナか、うう……』

なぜか風真はひどく疲れた様子だ。

「風真さん、どうしたの」

『なあ、俺はむっつりスケベに見えるか？』

「はあ？」

『……いや、なんでもない。どうした』

「さっき送ってきたメッセージに関することですけど。なにか私たちに隠してません？」

『な、なんのことだ。俺はただお前たちもそろそろ飽きただろうと思ってだな』

あからさまに落ち着きを失くした声だ。

「もういいですって。偽のお客さんやスタッフがいることには気づいているんですよ。もし教えてくれないなら、大勢の前であの人たちを問い詰めてやりますから」

『馬鹿やめろ。いいか、そんなことやるなよ？　絶対やるなよ？』

「逆効果ですから、それ」

風真はとうとう観念したのか、ああもう、と呟くと慎重な声で囁いた。

『今、どこにいる。四葉さんも一緒か』

「うん。観覧車の中」

二人の乗るゴンドラはぐんぐん高度を上げ、時計盤で例えると十の位置を通過したあたりだった。

『なら周りに聞かれることはないな。落ち着いて聞いてくれ。実はボマーという連続爆弾魔が園内に爆弾を仕掛けて、身代金を要求している』

「爆弾？　身代金⁉」

素っ頓狂なアンナの言葉に、目の前で朋美も驚愕している。

続けて風真の口からは警察に協力していること、ボマーの要求の内容が語られた。

「……うん。なるほど。それで捜査員が客やスタッフに紛れていたわけね」

アンナはちょうどてっぺんのあたりに差しかかったゴンドラから、シーユートピアの全域を見渡す。米粒ほどの大きさの無数の人影が園内を無秩序に動き回っている。この中にボマーがいるとしても、どうやって見つければいいのだろう。

『アンナ、プレゼントパケットは買ったか？』

「ええ、持ってますけど」

スマホを耳に当てながら、アンナは横に置いていたパケットを持ち上げる。

『ボマーはプレゼントパケットのいくつかにも小型爆弾を仕込んでいるらしい。だから警察も思い切った捜査ができずに困っているんだ』

「ええっ、このプレゼントに、爆弾⁉」

驚いた拍子にアンナの手からパケットが滑り落ち、口のシールが剝がれて中身が床に散らばった。その中の一つ、売り物とは思えない無骨な黒い箱がアンナの足元に転がったのだが、ずれた蓋の隙間から黒いビニールテープでぐるぐる巻かれ、小さな基板と幾本かのカラーコードで接続された物体が覗いていることに気付いた。

蓋が取れたことで作動し始めたのか、基板に付いている小さな液晶窓の数字が五十八、五十七、五十六……と減っていく。

「ば……」

『ば……？』

「「爆弾だーーーーっ」」

アンナと朋美が同時に叫び、一瞬遅れてスマホの向こうからも『なにぃぃーーーーっ』という悲鳴が響く。

アンナはゴンドラが大きく揺れるのも構わずシートの上に跳びすさった。

「あと五十って、五十秒？　ほんとに？」

『逃げろ二人とも！』

「無理、今てっぺんだってば！　超眺めがいいやっほぉぉーーーー！」

『落ち着け！』

叫ぶ間にもカウントダウンは進む。

あと四十秒。

『爆弾を外に捨てろ！』

風真の指示が飛ぶ。この名物観覧車は海のすぐ側に建っているのだ。しかし扉は外からしか開かないようにできているし、反対側に設置された窓は落下防止のためかほんの数センチしか上がらない。

「爆弾はギリ通りそうだけど……これじゃ海まで投げられない！　下に落ちたら、お客さんに被害が出ちゃう！」

さすがのアンナも空中密室ではなすすべなく、ただ強化ガラス製の壁を叩くしかできない。残り三十秒。

と――。

先ほどから朋美の声が聞こえないことにアンナは気づく。見ると、朋美は箱から爆弾を丁寧に取り出し、タイマーらしき基板と爆弾を繋ぐカラーコードを真剣な顔で覗きこんでいる。その手には彼女のポーチから取り出した化粧バサミが握られている。起爆装置の解除に挑もうというのだろうか。

『アンナ、どうした』

「ちょっと静かに！」

残り二十秒。

アンナは朋美を見守りながら考える。ボマーはこれまで幾度も手製の爆弾で事件を引き起こしたが、すべて密かに仕掛けた上で爆発させたものだ。裏を返せば、誰にも解除を試みられたことがない。いかに爆弾作りが得意だとしても、手も足も出ないような複雑な構造ではないのではないか。朋美は心理学が専門だが、医学や理工学にも通じる才女なのかもしれない。彼女の知識を以てすれば、あるいは……！

その時、朋美が爆弾をいじくり回していた手を止め、火照った額に浮いた汗をぬぐい、大きく息をついた。

「――ふう」

「朋美ちゃん……！」

「うん、無理です！」

力強く言い切る朋美。

「へっ⁉」

カウントダウンは止まらない。残り十秒。

スマホの向こうで絶望の叫喚が響く。

「ごめんっ」

アンナは咄嗟に朋美の肩掛けバッグを奪い取り、中身を全部ぶちまけて代わりに小型爆弾を詰めこんだ。そしてバッグごと窓の外へ。だがまだ手放さない。

そのまま肩紐（かたひも）を持って、投石器のようにぶん回す。

残り五秒。

「おりゃーーーー！」

十分に勢いがついたところで手を放す。バッグは爆弾を内包したまま風に乗り、弧を描きながら海面に向かって落ちていく。そしてささやかな水飛沫（みずしぶき）を上げながら着水した直後。

ボン、と。

爆発音は少ししか届かなかったが、着水時の何倍もの飛沫が立ち上った。幸い近くは歩道もない岸壁が並ぶだけで、被害が出た様子はない。

「「よかったぁ〜〜」」

二人は息を合わせたようにシートに崩れ落ちる。スマホからは二人の安否を尋ねる風真の声が聞こえるが、もう少しこのままでいよう、とアンナは思った。

＊

身代金入りのパケットが園内に放たれてから二時間が経過したが、警察はいまだにボマーを特定できずにいた。

ボマーから追加の連絡はない。すでに金の回収に目途を付けて去ってしまったのか、まだ園内にいるのかも分からない。捜査員の中には園を封鎖して強硬な捜査に移るべきだと主張する者もいたが、タカは断じてそれを許さなかった。

彼を慎重にさせたのは、皮肉なことにアンナと朋美の起こした爆発騒ぎだった。警察の失態ではないが、あの一件によりパケットの中に爆弾を仕掛けたというボマーの言葉が裏づけられた。すべての爆弾が起動されたらいったいどれだけの被害が出るのか予想もつかない。

一方で、警察もただ手をこまねいているわけではない。別の側面からボマーの正体を探りにかかっているのだ。

ボマーはこれまで法で裁かれない社会悪を断罪するという名目の下に爆破の標的を選ん

でいる。それ故に世間でもボマーを支持する声があるのだ。だが今回は一般市民の命を盾にとっての身代金要求。明らかにこれまでの犯行と毛色が違う。

タカはそこにボマー自身の個人的な怨恨が関わっているのではないかと考えた。シーユートピアを深く恨み、かつ大金を必要とする動機が。

「タカさん、よろしいですか」

小山川がタカを廊下に呼び出した。彼女は園の関係者に聞き込みをして、シーユートピアに恨みを抱いていそうな人物をリストアップし、現在のアリバイを確認していたのだ。

「リストアップした容疑者の中で一人だけ連絡がつかない人物がいました。火野寛司四十八歳。かつてシーユートピアを運営している前園興業の経理部の部長だった男ですが、去年の七月に解雇されています」

つまり前園の部下だったわけだ。

「解雇の理由は？」

「会社の金の横領だそうです。ただし本人は前園から指示を受けてやったことだと言って認めなかったとか」

きな臭いエピソードだ。なにかの理由があって前園に嵌められたということだろうか。

そういえば過去にも、粉飾決算に関わったと疑われる人物が二人も変死する事件があった。

「もしかしたら、その火野って奴も片棒を担がされていたのかもしれねえな」

シーユートピアから大金をせしめようとする動機としてはありえそうに思える。

「現在火野は無職のはずですが、自宅に姿が見えず連絡もつきません」

「よし、火野の顔写真を捜査員に通知して、園内にいないか探させろ！」

爆弾如きで警察に勝ったつもりか。嘗めた真似をしたことを後悔させてやる。

タカは左手に拳を打ち付けた。

＊

「とにかく、ボマーのことは俺と警察に任せて二人は帰るんだ。いいな？」

観覧車から降りるなり二人は風真によって詰め所に連れていかれ、爆弾について根掘り葉掘り聞かれることになった。幸い爆発による被害はなく、通報などもないことから誰にも気づかれなかったようだ。

「……とにかく。俺はここで捜査に協力するから、二人はもう帰れ」

「でも他のお客さんだって危険な状況なんでしょ。私たちだけが帰るなんて」

「これ以上我々の手を煩わせないでいただきたい」

不満そうなアンナの言葉を、風真の後ろに立つ河北刑事がぴしゃりと遮った。

「あなた方は部外者です。風真さんが首を突っこむこと自体良く思っていない捜査員は多い。はっきり言えば迷惑です。我々は市民のために身を尽くして行動しているのですから」

「でも……」

反論しようとした朋美の肩に、風真が手を置く。

「安心してください。俺が二人の分も活躍して、犠牲を出さずに事件を終わらせて見せますから」

そう言い残して去って行く二人の背中を見送りながら、朋美はぽつりと漏らした。

「アンナちゃん」

「ん？」

「風真さんって優しいだけじゃなく素敵な人なのね。今のあの人の言葉、ちっとも濁りがなかった。本当に正義の探偵さんなのね」

「う、うーん。確かに風真さんはいい人だけど……」

あの人の自信はたいていい空振りに終わるからなあ、という言葉は、隣で頬を染めている少女に伝えるべきではないのかもしれない。

「でも今回は確かに警察に任せるしかないのかも。私たちはボマーの声すら聞いていないし、爆弾を見つけるにも園内を調べるにもたった二人じゃ役に立てない」

いつになく弱気になってしまうアンナだったが、朋美はまた違った考えのようだ。

「でももし一歩間違えば、さっきの爆弾は他の人の手に渡っていたかもしれない。もし誰かに手渡した直後に爆発していたら、私は自分をひどく責めていたと思う」

「朋美ちゃん」

「……それにね。昔、たった一度だけ厳しい両親が遊園地に連れてきてくれたことがあるの。二人は遊び回る私を眺めていただけだったけど、かけがえのない家族の思い出なのよ。今ここにいるお客さんたち一人ひとりがそんな思い出を作ろうとしているのに、絶対に悲劇にはさせたくない」

彼女の言うとおりだ。この犯罪は園内にいるすべての客が容疑者であり人質であると同時に、互いの命を知らずの内に背負わされている。もしかしたらさっきの爆弾以外にも、すでにアンナたちの手を介して他人に渡った爆弾があるかもしれない。そう考えたら、このまま自分たちだけが家路について事件の結末を待つ気にはなれない。

「私たちだけにできるやり方で、ボマーを見つける方法はないのかな」

考えながら歩いている内に、最初に朋美と出会ったフードコートエリアに戻ってきていた。

（そういえばここにはリンリンもいる。被害に遭わないといいけど……）

と、そこでアンナの頭に一つの考えが浮かぶ。

「そうだ、ここで朋美ちゃんの特技を生かせば……」

「えっ？」

朋美が聞き返すよりも早く、アンナはその手を引っ張ってリンリンのキッチンカーに駆け寄った。そのリンリンはというと、客足がすっかり途絶えてしまったのか、哀れにもキッチンに顔を突っ伏して沈黙している。

「リンリンちゃん！」

「……あー、アンナ。あなたいつも元気ね。今の私にはとても眩しいよ。もう少しでうちも大赤字決定で燃え上がるけどねー。あはははは」

「お願い、力を貸して欲しいの！」

「……なぬ？」

リンリンのお団子頭がぴょこんと跳ねた。

二十分も経たないうちに、閑散としていたはずのフードコートエリアは異様な数の人が押し寄せ、軽いパニック状態になっていた。別に特別な割引セールやイベントが始まったわけではない。人波の中心にいるのは、あるキッチンカーの周りを駆け回る二人の少女だ。

着目すべき点があるとすれば、その少女たちがチャイナ服に身を包んでいることである。

「百六十番のお客様ー！　生タピオカたこ焼き二つお持ちしましたぁ！」

「お並びのお客様、先にご注文をお聞きしますね。こちらメニューになります」

一人は笑顔弾ける元気娘。そしてもう一人はおしとやかな清楚美人。タイプの異なる二人の美少女はいつの間にか長蛇の列となった注文待ちの客と、テーブルで料理を待つ客、そしてキッチンカーの間を精力的に行き来している。

わざととしか思えない深いスリットの入った赤と青のチャイナ服は、よく考えればシーユートピアとはなんの関係もないのだが、メルヘンとファンタジーの世界観に突如として現れた二人の売り子、そして現実離れしたメニューはとにかく客らの視線と興味を引きまくった。

「うおおお！　神風、神風きてるよーー！」

キッチンで猛然と腕を振るうリンリンの瞳にもすっかり闘志が漲っている。

もちろん、アンナと朋美はただ店の売れ行きを助けるために手伝いを申し出たわけではない。

目的の一つは、ボマーを引き寄せること。ボマーが客に扮してパケットの交換を繰り返しているのなら、姿を紛らせやすい人混みを好むはず。

そしてもう一つの目的は、接客行為を通じてなるべく多くの客と言葉を交わし、ボマーを見つけ出すことだ。

園内にはすでに多くの捜査員が潜入しているが、彼らは派手な動きがとれない。だがアンナたちであれば、売り子として多少踏みこんだ会話をしても不自然には思われないはずだ。

些細な会話でも朋美の能力を以てすれば嘘を見抜くことができるし、アンナも洞察力にはそれなりの自信がある。

「こんにちは。今日はご家族でいらしたんですか？」

「こちらお飲みものです。あ、だいぶスタンプが溜まってますね。このイベントのために来られたんですか」

「写真？　大丈夫ですよ。お二人はカップルですか？　お似合いですね」

同行者との関係、来園目的、今日の行動。いくつもの探りをちりばめた会話を持ちかけ、悪意の嘘を引き出そうとする。

その笑顔の裏で、朋美は歯を食いしばった。

人の嘘を知りたいわけがない。こうしている今も無辜の人々がつく、いや本人すら自覚のない嘘の数々に、朋美だけは気づいてしまう。

――この人はもう疲れて早く帰りたいんだろうな。

――このカップル、女性の心はもう離れてしまっている。

――あ、私やアンナちゃんを邪な目で見ているんだ。

知らなければよかった、聞かなければ平穏に済んだはずの嘘の数々。気づく度に小さく引っかかれるような痛みが胸に走るが、朋美は笑顔でそれを押し隠す。

この園のどこかに、もっと大きな嘘を隠している犯罪者がいる。爆弾を操るほどの凶悪な犯罪を押し隠すためには、計り知れないほどの緊張、背徳、あるいは興奮が心の中で渦巻いているはず。朋美とアンナならば数瞬仕草を観察するだけで看破できる自信がある。

来て。ここに来なさい。

姿なき爆弾魔に呼びかけながら、二人はチャイナドレスをはためかせ駆ける。

＊

「これが火野寛司か」

風真はタカから送られてきた顔写真を目に焼き付けようと凝視する。

写真の男は落ちくぼんだ目のわりにえらが張っており、痩せたモアイ像のような彫りの深い顔だ。髭はなく、変装でいくらでも印象が変わりそうな気がする。

仮に警察の睨み通り、火野寛司がボマーだとしても、他に協力者がいないとは限らない。彼は独り身だそうだが、今どきネットで共犯者くらい簡単に募ることができる。

「見つけたら無理に後を追おうとせず、教えてください。捜査員で連携して包囲網を作ります」

「分かってるって」

釘を刺してくる河北に頷きながら、さりげなく通行人の顔をチェックする。

そう言えば、アンナたちはちゃんと帰ってくれただろうか。朋美と手を繋いでいた時の笑顔を思い出すと心が痛む。あれは普段どれだけ栗田や風真が親身になっても見ることのできない、本当の友人にだけ見せられる笑顔だ。本来であればアンナももっとこんな時間を過ごすべきなのに。

申し訳なく思うとともに、彼女を普通の生活に戻すためにも自分が強くなる必要があるのだと思い直す。彼や栗田が対峙しようとしている敵は、ある意味ボマーなどよりも遥かに強大なのだから。

「……ん？」

と、さっきまでバラバラだった人の流れが、一つの方向に向かってまとまりつつあることに気づく。

ショップで売っているカチューシャをつけた女子高生らしき集団が、「あっちだって、ほらこの店」「まじで、こんな子いたっけ？」とスマホの画面を見ながら通り過ぎる。なにかSNSにでも投稿されているのだろうか？

「チャイナ服めっちゃ可愛いじゃん。モデルさんかな」

流れの先に視線をやると、フードコートの方だ。チャイナ服という言葉に嫌な予感がよぎる。思わず足を向けようとした時、

「風真さん、あいつ」

河北に呼び止められる。彼が睨んでいるのはちょうど反対方向の、ジェットコースター乗り場だ。

「写真と似ていませんか。視力がよくないんではっきりとは分からなくて」

「どれ？」

「今順番待ちをしている、黒い上着の男です。パケット持ってます」

目を凝らすが、待機列の中に黒い上着の男は何人もいる。

「野球帽の人？」

「いえ、そっちじゃなくて前から五列目くらいの」

そう言われても、こちらからは後ろ姿しか見えない。問答を繰り返している間にも、視線の先の待機列が動き始めた。ジェットコースターが戻ってきて乗客の入れ替えが始まったのだ。こうしてはいられないと、風真は慌てて乗り場に駆け寄った。

「すいません、通してください！」

待機列に割りこむ形になってしまい、客の数人から野次や非難の声が飛ぶ。一つ一つに頭を下げながら階段を上り、なんとか乗り場に辿り着いた。

座席の前から四分の三ほどがすでに埋まっている。風真は乗客の顔を確認しようと体を乗り出し——、

「お兄さん、そっちじゃなくてこっちの座席ね！」

ふくよかな体型の中年女性スタッフが風真の襟元を摑み、放りこむように最後尾の座席

に誘導する。風真がなにが起きたのか認識するより先に、ガシャンと安全バーが下ろされた。

「いや、ちょっ」

「それでは発車します。行ってらっしゃーい！」

助けてくれ、と手を振る風真に完璧な営業スマイルを浮かべた女性が元気よく手を振り返し、無情にもコースターは低い音を立てて動き始める。

慌てて後を追ってきた河北の姿が後ろに遠ざかるのを見送りながら、風真は震える手で首元の安全バーを握るしかなかった。

ゴトン、ゴトン、ゴトン……。

――ゴオォォーーーー！

「っあああぁぁぁーーーーーーーー」

＊

「……？」

遠くで誰かの声が聞こえた気がして、朋美はバッシング（後片付け）の手を止めて振り向いた。

もちろん彼女を呼んだ者はおらず、視線のはるか先でシーユートピア名物の超巨大ジェットコースター《暴龍》がうねるレールの上を爆走しているだけだ。

アンナと朋美のチャイナドレス姿により、記録的な密集が発生していたフードコートであったが、リンリンが準備していた食材が底を尽き売り切れ御免となったことでようやく落ち着きを取り戻していた。

肝心のボマーについては、結局それらしい人物を発見できないままだ。客の中には朋美たちの姿を写真に撮ってアップする者もいたから、却ってボマーの警戒を呼ぶ結果になってしまっただろうか。

「お疲れ様。二人は私にとってマジモンの天使よー」

事情を知らないリンリンに無邪気に抱きしめられ、まあ彼女の役に立てたのならいいか、と思い直した。

私服に着替えた朋美は一足先に荷物を持って更衣室から出る。

少し喉が渇いたのでなにか飲もうかと辺りを見回した時、一人の男から声をかけられた。

「すいません、パケットの交換いいですか？」

「あ、はい。もちろん」

見たところ男は一人だったが、連れの分なのか交換する分以外にもプレゼントパケットをもう一つ右腕に提げている。

彫りの深い顔の男だった。

パケットを交換する際、朋美は先ほどまで何十回と繰り返した台詞をつい癖で口走ってしまう。

「今日はこのイベントが楽しみで来られたんですか」

「……ええ。本当に楽しみにしてましてね」

その声に滲み出る色に、朋美の勘が騒いだ。

今のは私の質問への答えじゃない。この人、私を見ていない。それでいて自分の中のなにか激しい欲望……嗜虐性に酔った目つき。朋美の経験上、直接的には手を下さずに人をいたぶるのを好むような、陰険な性格の人物によく顕れるパターンだ。

（もしかして、この男がボマー？）

こちらの動揺を気取られないように注意し、スタンプを交わす。「どうも」と軽く頭を下げて離れてゆく男の姿を、朋美は目で追い続けた。

どうしよう。アンナはまだ更衣室から出てこない。待っている間にあの男を見失ってしまうかもしれない。

そうだ。もしボマーなら、中に現金が入っていないかどこかで確認しようとするはずだ。

「行き先だけ、確かめよう」

朋美は自分を勇気づけるように呟き、男の後を追い始めた。

＊

タカは詰め所で捜査員たちからの報告を手ぐすねを引いて待っていた。

火野寛司の写真を共有してから早一時間が経つ。しかしタカの元にはいまだ一つも目撃報告が入ってこない。

もしや、火野がボマーだという読みが外れていたのか。

弱気な考えが押し寄せるが、今の自分には他にできることがあるわけでもない。仲間を信じ、じっと耐えるのも仕事だと自分に言い聞かせる。

「本当に刑事どもは仕事をしているのか？　園内をうろつくだけなら子供でもできる。ちゃんとボマーを見つける気があるのだろうな？」

彼の背後ではずっと園の経営責任者である前園が文句を垂れている。

幾度となく殴って黙らせてやりたいと思ったが、ここで自分が余計な問題を起こすわけにはいかない。うるさい大型犬が吠えているのだと思うことにしていた。

忙しなく切り替わる監視カメラのモニターを睨みつけながら、タカは首を捻る。

（しかしおかしい。いくら客に紛れているといっても、こうまでボマーの姿を捉えられないもんか？）

捜査員の中には応援で駆けつけた様々な課の警察官がいる。普段街中を行き交う人々を観察し、ちょっとした行動から飲酒運転や薬物所持、あるいは空き巣などの犯罪者を見抜くような腕利きも混じっているのだ。それがいまだボマーの尻尾すら摑めないとは、ただの運では片づけられないのではないか。

（まさか、こちらの捜査情報が漏れているのか……？）

穏やかでない考えが頭をよぎった時、近くにいた小山川が声を上げた。

「タカさん、ちょっとこれ見てください」

彼女が差し出したスマホにはＳＮＳが表示されている。アカウントの主は女子高生らしい。どうやら今まさにシーユートピアを訪れているらしく、見覚えのあるアトラクションや友達との写真が羅列している。

「これがどうした」

「ほら、フードコートで写ってるこのチャイナ服の女性、風真さんのとこのアンナちゃんじゃないですか」

「はあっ？」

目を近づけてよくよく見ると、赤いチャイナ服を着ているのは確かにアンナとかいう小生意気な娘だ。他の写真には、朋美と呼ばれたもう一人の少女も青いチャイナ服を着て、女子高生の横でポーズをとっている。

「なにやっとんじゃ、あいつら！　帰らせたはずじゃねえのか」

「今、色んなアカウントからあの二人の写真がめちゃくちゃ投稿されているんですよ。いやー可愛いですねえ二人とも。若いわあ。癒(いや)される……」

小山川は捜査中にも拘わらずほっこりと相好を崩す。

「現実逃避すんな。今探してんのはコスプレ娘じゃなくて爆弾魔だ」

「ちょっとくらい、いいじゃないですか。それにこんなに可愛い女の子なら、火野だって見に来るかもしれませんよ」

「アホか。そんな漫画みたいな……」

タカが呆れて鼻を鳴らしたのと同時に、小山川が指を止めて大きく息を吸いこんだ。

「いっ、いっ、いた――――――――――――っ！　火野ぉぉ―――――――――！」

「マジでっ⁉」

頭突きの勢いで画面を覗きこむと、ある料理――たこ焼きのようだが、タピオカ？――を手に持った写真の背後に、小さく男性の姿が写っているではないか。その顔は、さんざん目に焼き付けた火野寛司とそっくりである。

とうとうボマーを見つけた！

タカは興奮を抑えきれないまま、無線機に向かって叫んだ。

「各員に告げる！　フードコート周辺にて火野寛司を確認。たった数分前、まだ近くにいるはずだ。急げ！」

＊

「……あれ、朋美ちゃん？」

着替えを終えた後トイレに立ち寄ったために遅れて出てきたアンナは、朋美の姿がどこにもないことに首を傾げた。更衣室の外で待っててくれるものと思っていたのだが。

連絡を取ろうとして、まだ朋美の連絡先を聞いていないことに気がついた。

「普通の子は会った時にやっておくのかな、慣れてないからよく分かんないや」

仕方なくアンナは当てもなく歩き出した。もしかしたらこのまま朋美と別れたきりになってしまうのではないか、などと気弱な想像すらしてしまう。

その時、

「ぁぁぁぁ――――――――――」

どこからか、聞き覚えのある声、というか悲鳴が聞こえた気がした。かなり上の方向からだ。

「……風真さん？」

首を巡らせると、ジェットコースター《暴龍》の最後尾の座席で遠心力に振り回されながら絶叫を迸らせている、自称名探偵の姿がなんとも小さい。朋美にはあんなに格好を付けていたくせに、なにをやってるんだろう。

「おい、君」

呼び声に振り向くと、河北刑事が立っていた。これまでにも増して不機嫌そうな渋面で、どこか疲れたような声を出す。

「まだ帰ってなかったのか？」

「あれ、捜査の一環ですか」

質問を無視してジェットコースターを指差すと、「そんなわけないだろ」と溜め息が返ってきた。

「それどころじゃないんだよ。ボマーと思しき男が見つかった」

「本当ですか？」

「ああ。火野っていう男で、十分ほど前にフードコートで撮られた写真に写っていたらしい。俺たちもすぐに向かうよう指示が出た」

その時、再び報告が入ったらしく河北はイヤホンに手を当てた。

「……ええっ、なんですって？　火野が？　ええ……」

なぜか彼は大きく目を見開いた。

「場所は……了解。そちらに向かいます」

「どうしたんですか」

「たった今、他の捜査員が火野の姿を確認した。奴はアトラクションのサーバー室がある建物に入ったらしいんだが、その後を一人の少女が追って入ったそうだ。ほら、ちょうどあそこに見える建物だ」

二百メートルほど先の青い屋根の建物を指さす。

アンナは絶句した。その少女とはもしや朋美ではないだろうか。アンナと離れた短い時間に彼女は本当にボマーを見つけてしまったというのか。

「捜査員全員に招集がかかった。今から建物を包囲するようだ」

「私も連れて行って！」

「でも風真さんは……」

見るとジェットコースターは最後の坂を下り終わり、ようやく乗り場に戻って来るところだった。

「あんなのいいから！　早く！」

＊

サーバー室と呼ばれる狭い部屋には人の身の丈ほどもある灰色の機械が立ち並び、巨獣の唸り声のような駆動音を響かせていた。部屋がひどく寒いのは、機械に熱がこもらないようにするためだろう。

その普段はほとんど人の立ち入ることのない空間の奥に、一人の少女が手錠をかけられた姿で座らされている。朋美である。

彼女は怪しい男——火野寛司の尾行を試みたものの気づかれてしまい、彼の潜伏場所に監禁されてしまったのだ。

スマホは没収されてしまい、助けを呼ぶこともできない。今さらながら朋美は一人で行動を起こしたことを後悔していた。なによりこうしている今、アンナが自分を探し回っているのではないかと思うと、いても立ってもいられなくなる。

「あんた、どう見ても警察って面じゃねえよな。何者だい？」

近くのパイプ椅子の上にはこれまで彼がかき集めたと思しき百万円の束が無造作に置かれている。全部で二十束ほど、金額で二千万にはなるだろうか。もはや目の前の男がこの身代金事件を仕組んだ事は疑いようがなかった。

朋美の財布の中を漁っていた火野が騒音に負けないよう声を張り訊ねてくる。

それでも朋美は気丈さを失わずに言葉を返す。

「警察でもない私に尻尾を掴まれるなんて、あなたの犯罪はその程度だということよ。もう逃げ場はないわ。大人しく自首しなさい」

「その口ぶり……、なるほど。大事な爆弾を一つ無駄にした女ってのはあんたか」

火野はおかしそうにくつくつと笑い出す。

「だが警察は爆弾を恐れてまともな捜査ができてないじゃねえか。この計画は完璧だ。あとはあんたの口を封じておさらばさ。いや、せっかく用意した爆弾だ。どうせなら最後に全部綺麗に終わらせるのも一興かな」

「ここにいる人たちは、家族や友人たちと大切な思い出を作ろうとしているのよ。それを台無しにするだなんて、どうしてそんなことができるの」

朋美の問いかけを受けた火野の表情が一転して苦々しげなものになる。

「俺は元々この会社で働いていたんだ。シーユートピアは過去に何度も粉飾決算を繰り返し、そのお陰で不況を生き残ってきた。俺もその片棒を担がされたよ。だが去年、急に横領の罪を着せられてクビになっちまった。この遊園地は現実の汚物の掃きだめだ。だからぶっ壊してやることにしたのさ」

朋美には分かる。彼の怒りは本物だ。

「だったらどうして会社の罪を告発しなかったの」

「へっ、実際に俺の懐(ふところ)に入った金もかなりあったからな。正面からやり合うわけにはいかんのさ。だがこの金さえありゃ、もう一度やり直せる。俺を馬鹿にした奴らを見返してやるんだ……」

火野は恍惚(こうこつ)の表情を浮かべ、札束を愛おしげな手つきで撫でた。彼はすでに正常な倫理観を失ってしまっている。

けれど朋美にはまだ納得できないことがあった。

彼がシーユートピアに恨みを抱いているのは分かる。だが、これまでの爆破事件は？　恨みと金への執着に囚われた彼が、なんの関係もない社会的悪人を断罪するという、一銭の儲けにもならない真似をするとは思えない。

「今までの爆破事件はなんのために起こしたの？　誰かの依頼？」

動きがぴたりと止まる。

彼はぎょろりとこちらに目を向けた。

「お前が気にすることじゃねえ」

「いいじゃない。どうせここで死ぬのなら」

「そうか。そうだな。どうせ死ぬんだったら同じ事だ。冥土の土産を持たせてやってもいいはずだよな……」

火野は呟き、心を落ち着かせようとしたのか近くにあったペットボトルの飲料水を手に取った。真新しいキャップを外し、中身をぐいと呷る。汗を掻いた容器から水滴が伝いぽたりと落ちた。

が、次の瞬間。

「がっ、ぐぐぅ……」

急に喉を掻きむしり始めたかと思うと、唇の端から血がしたたり落ちる。

「ひっ」

朋美は悲鳴を上げ後ずさろうとしたが、すでにそこは行き止まりで壁に強く背を押し付けることしかできない。

「お、おれ……は……」

倒れ込んだ火野は朋美に向かって右手を伸ばし、芋虫のように身を捩(よじ)らせたが、間もなくがくりと力を失った。

「誰か、誰かー！」

大声を上げるが、周囲の機械音が大きく掻き消されてしまう。どうしようもないのかと唇を噛んだその時、急にサーバー室の扉が開かれて大勢の人が文字通り雪崩(なだ)れ込んでくる。

「火野と思しき男、発見しました！」

「人質もいるぞ」

「男は息がない」

「君、大丈夫か」

どうやら捜査員が来てくれたようだ。状況を見た彼らは一気に騒がしさを増す。

「朋美ちゃん！」

ず涙を浮かべた。

　その隙間を縫いながら、懐かしさすら感じる一人の少女が現れたのを見て、朋美は思わず涙を浮かべた。

　容疑者、火野寛司は死亡。脅迫に使われた使い捨て携帯電話は死体のポケットから発見。爆弾による犠牲者はゼロ。

　警察にとってはこれ以上ない結果に終わったが、事後の後始末は潜入捜査と同じくらい骨が折れるものだった。

　園を封鎖し、中にいるすべての客に対して事件の説明を行い、プレゼントパケットを回収。爆弾処理班によるすべてのパケットの開封作業。園側から今後の補償や払い戻しについての説明。

「火野の死亡が確認された途端、前園が早く身代金の回収をしろと迫ってきてな。まあこちらとしても爆弾を探さなきゃならんから、仕方ないんだが……」

　被害が出なかったことに安堵しつつもなお頭の痛そうなタカとユージの説明を、アンナは風真や朋美らと一緒に聞く。

　火野の死に関する唯一の証人である朋美からも、サーバー室でのやりとりを再現してもらったところだった。

「パケットに入れた身代金は、そこのパイプ椅子の上に置かれていた分と合わせて、もうほぼ全額回収できている。もうじきあのいけ好かねえ社長に返すよ。小型爆弾もいくつか見つかっている」

「爆弾は、やはり遠隔での爆破もできる作りだったんですか」

「ああ、蓋を開けたら一分間のカウントダウン開始。だが遠隔で信号を送ることで即座に起爆させることもできる。使われていた部品や構造の特徴はこれまでボマーが使用した爆弾と一致している」

やはり火野寛司がボマーだったのか。

だがアンナは釈然としない思いだった。なぜ彼は急に命を絶ったのだろう。

朋美の説明では、火野はすぐ近くまで警察の包囲網が迫っている事に気づいた節はなかったという。会話の流れからしても、犯行を諦めた様子はなかったのに。

「死因は毒ですか?」

風真の問いにタカが再び頷く。

「ペットボトルの中身から致死量の劇物が検出された。あらかじめ自殺用に用意していたんだろうな。飲料水は近くの自動販売機で買える商品だった」

「でも、おかしいです」

朋美は納得がいかなそうに反論する。

「おかしいって、なにが」

「あの人は、真新しいペットボトルを開けて飲んだんです。どうやって毒物を入れたんですか」

これに答えたのはユージだ。

「ペットボトルの底に速乾性の接着剤で封をした跡があったよ。注射器のような器具を使って毒物を注射したんだな」

それを聞いた風真は却って疑問を抱いた様子だ。

「自殺用なのに、どうしてそんな面倒くさいことを？」

「確かに新品のペットボトルに毒を注入するなんて、誰かに飲ませるためにすることですよね」

アンナも同調するが、タカはこのことについて深く考えるつもりはないらしい。

「知らんよ。とにかく凝った仕掛けを作るのが趣味だったのかもしれんし、朋美さんに飲ませるはずのものを間抜けにも誤って口にしたのかもしれん」

「他に共犯者がいて、火野が口封じされた可能性は」

「そいつらの目的はなんなんだ？　金は一円も手に入らなかったんだぞ。ただ火野を殺したいなら、こんな大がかりな事件を起こす意味がないだろう」

言われればその通りだ。返す言葉もなく、アンナたちは黙りこんだ。

「ともかく警察の面子を守ることができてよかったぜ。今回ばかりはお前らの力を発揮する場面はなかったが、まあそんなこともある」

「聞いたぜ。苦手なジェットコースターを克服することができてよかったじゃねえか」

ユージにからかわれ、風真は乙女のように両手で顔を覆った。

とにかく、もう風真たちにできることはなにもない。

詰め所に戻るという刑事らと別れ、三人は出口に向けてとぼとぼと歩く。せっかくの遊園地だというのに、三者三様に酷い目に遭ってしまった。

「四葉さんも危険な目に遭わせて本当に申し訳ない」

そう詫びる風真に、朋美も慌てて頭を下げる。

「そんな。私の方こそ、勝手な行動で皆さんに迷惑をかけてしまいました」

「できればこれに懲りず、今後もアンナと遊んでやってよ」

よく考えれば三人だけではなく、今日シーユートピアを訪れた全員が迷惑を被ったといえる。結局プレゼント交換イベントは成立せず。一歩間違えれば自分や大切な人の体が爆散していたかもしれないと思うと、トラウマ級の思い出だ。

入場ゲートの前まで来た時、しばらく黙りこんでいたアンナが足を止めた。

「どうした？」

「やっぱり、おかしいよ」

その目には強い光が宿っている。

「これまで社会悪を裁くことを目的にしていたボマーが、急に人質を取って身代金を要求したり、自殺するのに新品のペットボトルを使ったり。あまりにもおかしな点が多すぎる」

「そんなこと言ったってしょうがないだろう。実際に火野がボマーだった証拠が次々と発見されているんだ。シーユートピアを憎む動機だってある。爆弾魔の考えることなんだ。全部が全部、理屈に沿っているとは限らないだろう」

風真はそう宥めるが、意外なところから援護があった。

「実は、私も気になることがあるの」

「朋美ちゃん？」

「毒を飲む直前、彼はこれまでに起こした事件についてなにか私に話そうとしたの。冥土の土産だからって。彼の言葉はどれも嘘じゃなかった」

アンナがその意味を汲み取り、「そっか」と頷く。朋美の特技を知らぬ風真だけが、訳が分からず二人の顔を見比べている。

朋美はきっぱりと断言した。

「火野寛司はあの時、死ぬつもりも私を殺すつもりもなかった。少なくとも話が終わるまでは。ペットボトルに毒が入っていたのは、彼にとって本当に予想外の出来事だったんです」

「火野寛司もまた、誰かに殺されたんだね」

「ちょ、ちょちょちょちょ！」

慌てて風真が割って入る。

「さっきタカさんが言ってただろう。火野を殺したいのなら、もっと簡単な方法があったはずだ」

「火野じゃなく、〝ボマーを殺す〟ことが目的だったとしたら？」

火野にボマーの汚名を着せて殺すことで、これまでの爆破事件の捜査を打ち切らせることができるかもしれない。そうすれば本物のボマーは大手を振って生きていける。

だが風真はこれも否定した。

「さっきアンナは、今回の身代金騒ぎがこれまでの爆破事件と形態が違うって言ったよな。もし火野をボマーとして死なせたいのなら、なおさら過去の形態をなぞった方がいいはずだ」

「それは、確かに。実際私たちもこうして疑問を抱いているわけですし……」

朋美も風真の意見に同意する。

まだ事件は終わっていないのか。だがもうゆっくりと考える暇はない。アンナは『空間没入』を行うことを決めた。

「アンナ、入ります」

呟いて今一度思考の海に潜る。

単なる殺人ではない。ボマーの濡れ衣を着せたかったわけでもない。

単なる仲間割れだろうか？　ボマーとは個人名ではなく複数人からなる犯罪集団だったとしたら。

いや、それでもおかしい。

身代金はすべてあの場に残っていたではないか。仲間割れだったのだとしたら、いくらかの札束は持ち去ったはずだ。

もしや、この身代金事件はなにか別の目的のために仕組まれたものだった？　火野の死すらもその計画の一部に過ぎなかったのか？

だとしたら――。

アンナは意識を浮上させ、隣の少女の肩を摑んだ。

「朋美ちゃん、もう一度火野とのやりとりを教えて。できるだけ詳しく!」

これまで張り詰めていた緊張感と、部屋を満たしていた息苦しい熱気が嘘のように消え去った捜査員の詰め所では、無数の監視カメラモニターだけが変わらず粛々と園内の様子を映し出していた。

「見ろ。やはり最後まで警察は役に立たなかったじゃないか。犯人を生きて捕まえられなかったばかりか、人質までとられたとは、大失態だぞ。ええ?」

立ち尽くすタカと河北にねちねちと小言をくれているのは前園だ。犯人死亡の報告が上がって以降、すっかり饒舌になった氏の嫌味を刑事はじっと堪え忍んで聞いている。

ひとまず園の混乱は収まったので、今日はもうお引き取りいただいて構わないと伝えたのだが、「自分の三億円を一円残らず取り戻すまでは帰るわけにいかない」と主張して居座っているのである。

「まだ金は集まらんのか。なにをぐずぐずしている」

「あと少しで終わると連絡がありましたから、どうかご辛抱を」

「どこまでもお役所仕事だな。もし犯人が自害しなければどうなっていたことやら。今回の事件については親交のある出版社に大いに記事にしてもらうから、覚悟しておけよ。わしの身辺も嗅ぎ回っているようだが、これを機にいかに無駄なことか理解してもらいたいものだ」

タカは密かに拳を握りしめた。粉飾決算の捜査は彼の管轄外だが、この嫌味なおっさんを絶対に取り逃すんじゃねえぞ、と捜査二課に念を飛ばす。

「失礼します」

身代金の回収作業を進めていたユージと小山川が三つのケースを抱えて戻ってきた。

「三億円は全額回収できました。確認を」

前園は長テーブルの上でケースを開き、公務員らからすればいまだに現実感のない札束の山の匂いでも嗅ぐように視線を走らせる。

「ふん。金額の確認は家でやらせてもらう。札が一枚でも足りなかったら責任者を呼びつけるからな。帰るぞ」

出口までケースを運ぼうとする刑事らの申し出を撥ねつけ、のしのしと部屋を出る。タカらも車までは前園を、いやせっかく守った三億円を警護しようと後に続いた。

＊

金の亡者が楽園を後にする。

彼が向かうのは黒塗りの外国製高級車。

いや、世界一金のかかった棺桶だ。

不法な手段で富を得て贅を貪る、奴のようなクズの最期にはお似合いだ。

トランクに三億円の入ったケースが収められる。三途の川の渡し賃にしては、笑える金額じゃないか。これまでに地獄に送った亡者どもにもよろしく伝えてくれよ。

今から盛大な送り火を上げてやるから。

前園が運転席に乗りこむのを見て、ボマーは心の中でほくそ笑む。今だけは奴を自然な笑顔で見送れそうだ。

ボマーはそっと懐に手を入れ、小さな端末を握る。

車が発進し、緩やかにハンドルを切りながら二十メートルほど進んだ。これくらい距離が空けば大丈夫だろう。

端末の画面でロックを解除。

起爆スイッチ——オン。

その瞬間、シーユートピアの上空が大きな爆発音によって揺らされた。

飛び弾ける火花。広がる煙。

まだ園内に残っていた捜査員たちはその方向を見上げ、「おおー」「すごい」と呑気な声を漏らす。

それは一発限りの、文字通り盛大な花火だった。

その大輪の花の下で、ゆるゆると加速していた黒塗りの高級車が急停止し、運転席から前園が飛び降りてくる。

「おい、なんだあの花火は!」

——どういうことだ。

ボマーは自分の目を疑った。

花火は確かに自分が仕掛けておいたものだが、あれは単なる演出に過ぎない。本命の爆発は、目の前で前園を飲み込むはずだったのに……!

「無駄ですよ。車に仕掛けてあった爆弾はすでに解除しました」

背後から聞こえた声に振り向こうとした瞬間、両側からタカとユージに押し倒され体の自由が奪われる。弾みで地面に落ちた端末が、乾いた音を立てた。

いつの間にか刑事に混じり、三人の人影が背後に立っていた。

風真、アンナ、そして朋美。

どうして。まさか。という二つの思いが交錯する。

「この世に晴れない霧がないように、解けない謎もいつかは解ける。解いてみせましょう、この謎を。さあ真相解明の時間です」

風真の指が、貫(つらぬ)くように自分の眉間を指している。

「犯人はあなただ。河北刑事」


「これが起爆スイッチか」

落とした端末をユージに回収され、もはや言い逃れができないことを河北は悟った。

だがなぜ。

今の今まで計画の完了に王手をかけていたのは、この自分だったはずだ。

「いつ気づいたんだ。まさか……火野が余計なことまで漏らしたのか」

「そうじゃない。実際、俺も彼が死ぬまではこれが身代金目的の犯行だと思いこんでいた。プレゼント交換イベントに紛れ、来場客全員を人質かつ容疑者として利用するという前代未聞の身代金回収方法。その用意周到さにすっかり騙されていたんだ。だが過去のボマーの犯行と比べれば、その目的の違いは明らかだ」

風真の言葉にタカも賛同する。

「確かにボマーは過激だが、社会悪を裁くことで正当性を主張する犯罪者だ。それがどうして一般人を危険に晒すような真似をするのか、我々も不思議に思っていた」

風真がちらりと横に視線を送ると、アンナは「しっかりやれ」とばかりに拳で胸を叩いてみせた。風真は先ほどアンナから聞かされた内容を整理しながら話し始める。

「四葉さんによると、火野は毒入り飲料を口にする時、死を覚悟した様子は一切なかったそうです。あれは自殺なんかじゃなかった。しかしその一方で、見つかった爆弾や起爆装置はこれまでボマーが使ったものと同じ。この二つから、今回の計画を立てたのはボマーであり、火野はその実行を担う協力者であると考えられました」

「火野はボマーに毒殺されたってことか」

「ええ。そう考えると、一つの仮説が導かれます。火野死亡の時点で、ボマーはすでにある目的を果たしていたのだと」

その証拠に、火野の死亡現場には集めた現金がそっくりそのまま残っていた。ボマーは最初から切り捨てるつもりで、シーユートピアに恨みを抱いていた火野を利用したのだ。

ここで疑問を呈したのは小山川だった。

「ボマーが警察の手を逃れるために、火野にすべての罪を着せようとしたってことでしょうか」

「それは……」

風真が言葉に詰まりそうになったのを見て、咄嗟にアンナが口を挟む。

「ボマーとしての罪を全てなすりつけて殺すだけなら、こんな大きな事件を起こす必要はないんじゃないですか」

「そ、そう！　そうなんですよ。火野を〝ボマー〟に仕立てて殺すだけなら、もっと単純な方法があった。こんな大事件を引き起こしたのは、他の目的があったからです。考えてみてください。身代金を要求されたことで、いったいなにが起きたのか。どうしてこのシーユートピアでなければいけなかったのか」

「……そうか」

タカが絞り出すように呟いた。

「前園さんが、人前に出てきたのか」

小山川やユージが「あっ！」と声をあげる。

「そう。前園さんは元来警戒心が強く、警備の厳重な自宅からなかなか外に出ないことで有名です。これまでにも粉飾決算などの疑いで任意同行を求められても一切応じなかったそうですね。社会悪を断罪するボマーにとって彼は見逃せない標的のはずですが、さしものボマーも自宅から出てこない人物を殺すのは困難です。今回の大規模身代金要求事件は、責任者である前園さんをここにおびき出すためだけに起こされたものだったんです」

　これを聞いた前園本人は、顔を青ざめさせてよろよろと後ずさり、車に背を預けた。一万人近い人々を巻き込み、数多（あまた）の警察官を振り回した犯罪が自分を殺すためだけに計画されたのだと知った衝撃は彼を慄（おのの）かせるには十分だった。

「ではボマーはいつ、どうやって前園さんを殺害するつもりだったのか。前園さんがここに到着してからずっと周りにはタカさんたち警察がおり、殺害のチャンスはない。隙ができるとすれば……」

「事件解決の直後、前園さんが帰る時ってわけか」

　タカが気づけなかったことを悔やむように吐（は）き捨（す）てた。

　ボマーが火野を切り捨てたのは、口封じのためだけではなかった。

　身代金事件が解決しなければ、前園を殺す機会が訪れない。

　火野は前園をおびき出す事に加えて、油断を誘うための餌にされたのである。

　おそらく、かつて粉飾決算の片棒を担いでいた火野もまた、ボマーにとっては殺されてしかるべき社会悪と見なされたのだろう。

そこで小山川が疑問を口にした。

「けど、それだけじゃ誰がボマーかは絞り込めないわよね」

「はい。容疑者は今日シーユートピアに出入りしたすべての人です。大きく分ければ来場客、園のスタッフ、そして警察官のいずれかの中にボマーはいる。それで、えーと……」

ド忘れした記憶を辿るように視線をさまよわせる風真を、皆が怪訝な目で眺める。

その時、風真の背後で「きゃっ」と甲高い悲鳴が上がった。

視線を移すと、朋美が右耳を押さえて顔を赤らめている。隣に立つアンナは素知らぬ顔だ。

それを見た風真はなにかを悟ったように大きく頷いた。

「そう、そうです。手がかりになったのは監禁された四葉さんの証言なんですよ！」

刑事らの前に押し出された朋美が、恐る恐る話を継ぐ。

「火野さんに監禁された時、こう言われたんです。『爆弾を一つ無駄にした女ってのはあんたか』って」

「よく考えるとこれは不思議です。アンナは観覧車のゴンドラから外に向けて爆弾を投げ捨てましたから、園内にいた客やスタッフが爆発に気づいたとは思えない。それを知っているのは情報を共有した警察関係者だけだ」

「そこまではまあ分かる」タカが頷いた。「考えてみりゃ、いくら前代未聞の受け渡し方法っていっても火野の野郎はあまりにもうまく捜査員の目をかいくぐった。警察内部に仲間がいてこちらの考えや捜査員の配置を漏らしていたとすりゃ、筋が通るからな」

そう言って荒い鼻息を吐く。

「問題はその先だ。火野の死後、車に爆弾を仕掛けることならすべての捜査員にできたはず。どうして河北の仕業だと分かった？」

「それは、えーと……」

言い淀んだ途端、今度は風真の背後でプシュッと音が鳴る。アンナがジャケットから取り出した炭酸飲料のペットボトルのキャップを開けたのだ。

「ペットボトル！」風真は声を上げた。「ヒントは毒が入れられていたペットボトルなんです。あのペットボトルには一つおかしな点があった。そうですよね、四葉さん」

「はい。火野さんが口にしたペットボトルは、まだ水滴がついていたんです。これは中身が冷えていたってことじゃないでしょうか」

「そうなんですよ！　しかもあそこはサーバー室。室温が低く保たれているのに、それよりなおペットボトルは冷たかった。つまり毒入りペットボトルは四葉さんが監禁される直前に、火野ではない誰かが差し入れしたということです。言わずもがな、ボマーに他なりません」

「それは分かるが、誰かを特定することは……」

まだ要領を得ない刑事たち。

とうとうアンナが呆れ声で言った。

「ああもう、分かんないんですか！　刑事さんたちは常にバディ、二人一組で行動してるでしょ。差し入れに行く暇なんてあります？」

「――ああっ！」

ようやく刑事たちは納得顔になる。

「アンナの言うとおり。普通の捜査員の人たちには無理です。けど河北さんは別だ。俺がジェットコースターに乗っている間、彼は自由に動くことができた。幸いサーバー室はすぐ近くだ。ジェットコースターの所要時間は三分と少し。乗り降りにかかる時間を考えたら、飲み物を買って毒を仕込むくらいのことはできる」

アンナは朋美を探していた時のことを思い出す。あの時、河北はジェットコースターを見上げるアンナの背後から声をかけてきた。あれはきっと毒入りペットボトルを置いてきた直後だったのだ。

「毒入りペットボトルを置いたすぐ後に火野が戻ってきたなんて、ずいぶん河北に都合のいい展開になったな」

ユージが疑問を呈するとアンナが、

「そうですか？　河北さんの計画では火野の死体が見つかるまで、もっと時間がかかるはずだったと思いますよ。順調に身代金を集めてる犯人が自殺するなんて不自然ですから、ある程度捜査が進んだ段階で火野の死体を発見させる手はずだったはず。それなのに火野が朋美ちゃんを監禁しちゃうし、ＳＮＳの写真から火野が見つかっちゃうしで、だいぶ慌てたんじゃないですかねぇ」

とまくし立て、最後に、

「……って風真さんが言ってました。ね？」

と付け加えた。風真が壊れた玩具（おもちゃ）のようにがくがくと首肯する。

すると、ずっと黙って話を聞いていた河北が笑い声を上げ始めた。

「ははは、はっはっは！　まさかそんなところまで見抜かれていたとはね！　一緒に行動していても大した探偵には思えなかったのに……、風真さんを過小評価したのがミスだったということか」

「河北さん……」

小山川が同僚の豹変ぶりに悲しげな声を出す。タカも悔しげに肩をふるわせた。

「おい、河北。お前はいつから爆弾魔になろうなんて思った。俺たち警察は……警察だけが犯罪者から市民を守る特権を与えられてるんじゃねえのか！」

「俺も最初はそう思ってましたよ。でも警察は『本当の悪』に対して無力すぎる。社会的な力を持つ悪は、警察じゃあ裁けないんですよ。悪を倒せるのは、同じ力を持つ悪だけだ」

その言葉に、刑事たちは唇を噛むことしかできない。今回の事件といい、これまで河北の標的になった人物らといい、法で許されたやり方では解決までの道が険しいことが多々ある。それでもここが法治国家である以上、警察がその道を踏み外すわけにはいかない。

だがボマーの行いが熱烈に支持され、またそれによって明らかにされる真実があるということもまた認めざるを得ないのだ。

「タカさん。俺はね、後悔なんてしちゃいませんよ。確かに警察のやってることは無駄じゃない。でも警察のやり方だけじゃ、救われない人々がいるんです。裁けないクズがいるんです。俺はその歪みごと破壊して見せただけ」

「河北ぁ……」

「いや、これからが始まりです。俺が裁かれる姿を見て、世間がどう思うのか。俺に続こうとする者が現れるのか。本当の正義が問われるんです。……塀の中から応援してますよ、皆さん」

待機していたパトカーがやってきて、河北の身柄が確保された。

タカもユージも小山川も、やるせない思いでそれを見送る。

そして風真もまた同じ思いだった。

「俺、人を見る目がないんですかね。一緒に行動していたのに、最後まで彼を疑うことができなかった。もっと早く気づいていれば……」

「そんなことねえよ」

タカが感情を押し殺した声で言う。

「河北は、間違いなく優秀な警察官でもあったんだ。誰よりも悪を許せない男だった。あんたがどんなに有能な探偵でも、見抜けやしなかったさ」

そう。彼は朋美の前でも、一つも嘘をつかなかったのだ。

〝我々は市民のために身を尽くして行動しているのですから〟

家まで車で送るという風真の申し出を、朋美はやんわりと断った。

曰く、すでに今回の事件に巻きこまれたという連絡が警察から実家にいっており、風真らが一緒にいるのを見つかると迷惑がかかるという。

「風真さんたちに責任はないし、また一緒に遊べなくなったりしたら嫌ですから」

「そっか。じゃあ、また今度」

「うん。事務所に遊びに行っていい？」

「ぜひ！」

笑顔を弾けさせるアンナを見て、風真は今日という日が悪いことばかりではなかったと自分に言い聞かせた。願わくば平穏な日が続きますよう。そして二度と遊園地はごめんだ。

「ねえ、アンナちゃん」

タクシーに乗りこむ直前、朋美は小声でアンナを呼び寄せた。

「あのさ……本当の名探偵って、風真さんじゃなくてアンナちゃんなんでしょ？」

まっすぐな質問を受け、思わず言葉に詰まる。

なにせ朋美はアンナが謎を解き、推理を風真に語り聞かせる一部始終を横で見ていたのである。

「うーん、あれはねえ……」

少し考えた後、アンナは開き直ったように破顔した。どうせ朋美に嘘は通じない。

「私はアンナだよ。頼りないけど、やっぱり名探偵は風真さんなんじゃないかな」

「……私もそれでいいと思う」

二人は顔を見合わせ、噴き出す。

人気の絶えた遊園地の空に、楽しげな笑い声がこだまし続けた。

（ネメシスⅡに続く）

本書は、連続テレビドラマ『ネメシス』（脚本　片岡翔　入江悠）
第一話・第三話の脚本協力として、著者が書き下ろした小説です。

〈著者紹介〉

今村昌弘（いまむら・まさひろ）
1985年長崎県生まれ。岡山大学卒。2017年『屍人荘の殺人』で第27回鮎川哲也賞を受賞しデビュー。同作は『このミステリーがすごい！2018』、〈週刊文春〉ミステリーベスト10、『本格ミステリ・ベスト10』で第1位を獲得し、第18回本格ミステリ大賞［小説部門］を受賞、第15回本屋大賞3位に選ばれる。ミステリ界期待の新鋭。

ネメシスⅠ

2021年3月12日　第1刷発行　　定価はカバーに表示してあります
2021年4月7日　第2刷発行

著者……………………今村昌弘（いまむらまさひろ）

発行者……………………鈴木章一
発行所……………………株式会社 講談社
〒112-8001 東京都文京区音羽2-12-21
編集03-5395-3510
販売03-5395-5817
業務03-5395-3615

本文データ制作…………講談社デジタル製作
印刷……………………凸版印刷株式会社
製本……………………株式会社国宝社
カバー印刷………………株式会社新藤慶昌堂
装丁フォーマット………ムシカゴグラフィクス
本文フォーマット………next door design

ISBN978-4-06-522825-8　N.D.C.913　248p　15cm

脅迫屋シリーズ

藤石波矢

今からあなたを脅迫します

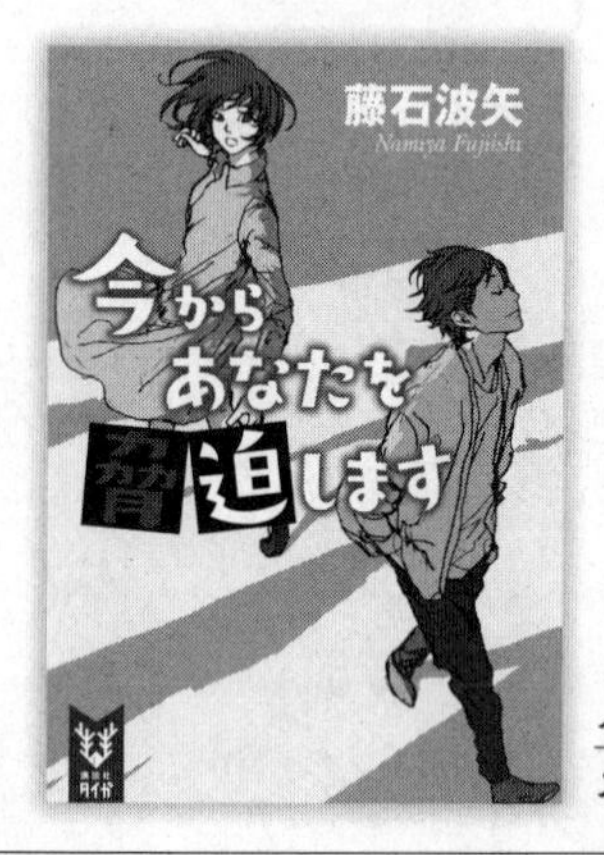

イラスト
スカイエマ

「今から君を脅迫する」。きっかけは一本の動画。「脅迫屋」と名乗るふざけた覆面男は、元カレを人質に取った、命が惜しければ身代金を払えという。ちょっと待って、私、恋人なんていたことないんですけど……!?　誘拐事件から繋がる振り込め詐欺騒動に巻き込まれた私は、気づけばテロ事件の渦中へと追い込まれ——。人違いからはじまる、陽気で愉快な脅迫だらけの日々の幕が開く。

脅迫屋シリーズ

藤石波矢

今からあなたを脅迫します
透明な殺人者

イラスト
スカイエマ

「三分間だけ、付き合って？」。目の前に置かれたのは、砂時計。怪しいナンパ師・スナオと私は、公園の植え込みから生えた自転車の謎を追ううちに、闇金業者と対決することに。ところが、悪党は不可解な事故死を遂げ、その現場で目撃された謎の男は――って、これ、脅迫屋の千川さんだ！　殺しはしないはずの悪人・脅迫屋の凶行を止めようとする私の前で、彼はさらなる殺人を⁉

閻魔堂沙羅の推理奇譚シリーズ

木元哉多

閻魔堂沙羅の推理奇譚

イラスト
望月けい

俺を殺した犯人は誰だ？　現世に未練を残した人間の前に現われる閻魔(えんま)大王の娘——沙羅(さら)。赤いマントをまとった美少女は、生き返りたいという人間の願いに応じて、あるゲームを持ちかける。自分の命を奪った殺人犯を推理することができれば蘇り、わからなければ地獄行き。犯人特定の鍵は、死ぬ寸前の僅かな記憶と己の頭脳のみ。生と死を賭けた霊界の推理ゲームが幕を開ける——。

相沢沙呼

小説の神様

イラスト
丹地陽子

僕は小説の主人公になり得ない人間だ。学生で作家デビューしたものの、発表した作品は酷評され売り上げも振るわない……。物語を紡ぐ意味を見失った僕の前に現れた、同い年の人気作家・小余綾詩凪（こゆるぎしいな）。二人で小説を合作するうち、僕は彼女の秘密に気がつく。彼女の言う〝小説の神様〟とは？　そして合作の行方は？　書くことでしか進めない、不器用な僕たちの先の見えない青春！

講談社
タイガ